뉘앙스

아무 말 하지 않고도 모두를 말하는,

뉘앙스

잊고 있어서 멈춘 건 아닐까

계속 가야 한다고 했습니다. 멈춰 있는 상태로
오래 있지 말라 했습니다. 쓰지 않더라도 계속
움직여야 고장 나지 않는다 했습니다.
차지 않는 시계들을 서랍에 넣어 두었습니다.
오랜만에 서랍을 여니 시계들이 모두 멈춰
있었습니다. 동네의 작은 시계방에 갔을 때
주인분께서 제게 한 말이었습니다. 계속 가야
한다고.
약을 갈았더니 다행히 시계들은 다시 움직이기
시작했습니다. 시간을 맞추고 다시 서랍에
시계들을 두었습니다. 약을 갈았다고 차지 않던
시계를 자주 차는 것은 아닙니다. 다만, 종종
서랍을 열어 시계들이 가고 있는 것을 확인합니다.
시계에 대한 이야기였지만 삼십 대의 중심을 걷는
제가 들어야 할 말이었습니다. 지치는 일은 하지
않으려 노력하고 있었습니다. 조금 보고, 조금
듣고, 조금 걷자고 다짐하는 몇 년이었습니다. 많은
것이 피곤했고 쌓이는 자극들이 불편했습니다.

진공 상태를 자주 꿈꿨습니다. 하루하루가 불운한
쪽으로 기우는 것 같아 멈추고 싶었습니다. 그러나
살아 있는 한 그것은 불가능하다는 것을 알고
있었습니다. 어쩌면 죽고 나서도 온전히 멈춰
있지 않을 수도 있을 겁니다. 제 영혼은 어디로든
움직이고 있을 테니까요.

이 책은 제 서랍, 옷장, 랩톱, 전화번호부에 멈춰
있는 존재들에 대한 이야기가 될 것입니다.
번거롭고 방대한 작업이 될 수도 있겠습니다.
하지만 일일이 서랍을 열고, 옷장을 열고, 감각을
열어, 약을 갈려 합니다. 제가 한 시절 사랑했던
것들에 대한 예의를 다하려 합니다. 다시
침묵을 털어 내고 또 다른 시간으로 걸어 나가길
바랍니다.

차례

1부

산소통

신을 믿게 된 건 초등학교에 들어갈 무렵이었다. 어릴 적부터
계속됐던 병원 생활과 수술. 내겐 또래의 아이들보다 조금
빨리 깨닫게 된 것이 있었는데 그건 이 두 가지였다.

첫째, 내가 울면 엄마도 우는구나. 침대차에 실려 수술실로
가는 복도. 엄마의 얼굴을 올려다보았는데 엄마의 얼굴이
그렁그렁 모두 떨어질 것 같았다. 그건 내가 지금까지 본
얼굴 중에 가장 크고 슬픈 얼굴이었다. 덕분에 난 울지 않는
아이가 되었다. 눈물을 흘리면 그때의 크고 그렁그렁하던
엄마의 얼굴이 다시 쏟아질 것만 같아, 나는 참는 아이가
되었다.

둘째, 내가 사랑하는 엄마도 수술실까지는 같이 들어오지
못하는구나. 수술 대기실에서 기다리다 수술실로 들어갔다.
수술대 위에 올랐다. 등 전체에 온통 차갑기만 한 수술대가
닿을 때, 그러니까 철판에 누운 내게로 너무 큰 조명이 켜질
때, 난 혼자구나, 신이 나와 함께해 주지 않으면 난 여기서
싸늘해질 수도 있겠구나, 감각했다. 난 단 한 번도 보지 못한
신을 수술대 위에서 믿기 시작했다. 어린아이가 할 수 있는

가장 지혜로운 일이었고 그건 내 인생을 통틀어 가장 대견한
일이었다.

그렇게 수술이 지나가고 몸엔 굵고 긴 수술 자국들이
남았다. 다섯 번의 수술을 하며 많은 자국들이 남았다.

신을 믿지만 신을 보진 못했다. 얼굴을 실제로 마주하고
이야기해 보지 못했다. 그의 형상을 본 적은 없다. 하지만
그를 알 수 있다.

매일 샤워 후 거울 앞에서 물기를 닦는 스스로를 본다.
온몸에 그가 나를 열고 온기를 심어 준 자국이 보인다. 내
몸을 열고 그 안을 만진 신의 손이, 그 손이 지나간 자국들이
보인다. 그것이 어릴 적엔 불현듯 콤플렉스처럼 느껴질 때도
있었지만 그건 잠시뿐이었다. 그 자국은 내가 신을 믿을 수
있는 가장 확실한 단서가 되었다. 나의 몸이 신의 온기를
담는 커다란 그릇이 된 것임을 믿는다.

집엔 산소발생기가 있고 차에도 산소통이 있다. 숨이 찰 땐
바로 산소를 마실 수 있게 준비되어 있다. 트렁크에도 여분의

산소통이 있다. 매일 이렇게 양질의 산소를 마시지만 한 번도
산소를 본 적 없다. 단, 알루미늄으로 된 묵직한 산소통만을
본다.

우주인은 산소통이 있어 느리고 사뿐한 걸음으로 달 위를
걷는다. 잠수부 또한 산소통이 있기에 흑등고래의 배를 보고
물을 따라 색색의 물고기들과 헤엄친다. 잠수부가 바다의
결을 따라 물처럼 흐르는 것. 지느러미가 있는 것들과 함께
푸르게 흐르는 것. 이 모든 건 산소가, 산소통이 있어서
가능한 일이다.

나 또한 우주인처럼 산소통이 있기에 당신들을 만나고
농담을 하고 미술관을 걸어 다닌 것이다. 동화책을 고르고
아이들을 보며 웃는 것이다. 어진 사람들과 브런치를 먹고
커피를 내리는 근사한 풍경 속에 있는 것이다. 그 안에
귀하고 아름다운 풍경이 들어 있다.

하루하루 보이지 않는 것들이 깊이깊이 들어온다. 그럴 땐
눈을 감고 기도를 하거나 예배당에 앉아 오랫동안 찬송가를
듣는다. 풍경이 더 풍성해지도록 둔다.

이 글을 읽는 당신의 눈망울이 사랑을 담는 가장 아름다운
그릇이었으면 한다. 보이지 않는 사랑이란 말을 두 눈 가득
꾹꾹 담아 보여 주던 나의 아름다운 사람들처럼.
가을이다. 아직 단풍나무가 푸른 가을. 이제 저 파란
나무들이 가을을 담을 차례이다. 지상이 가을을 담는
커다란 그릇이 될 것이다.

울지 않는 사람

열리지 않는 댐을 상상하는 것. 그것만으로 고요하고 슬프다.
안개만으론 댐이 차오르지도 마르지도 않는데,
댐 주변엔 항상 안개투성이다.
하얗게 번지는 새벽은 어디까지인가.

'우는' 슬픔보다 '울지 않는' 슬픔이 더 슬프게 느껴질 때가
있다.

두 손으로 떠받고 있던 새벽은
언제 쏟아지는가.

눈

새벽이 되면 아무도 안부를 묻지 않는다. 긴 안부는 잠을
깨우고 생활을 망치기 때문이다. 그래서 잠들지 않는
사람들은 안부 없이도 또박또박 시간을 잘 보내야 한다.
그래도 다행이다. 눈이 많이 온다. 창을 열면 눈이 발등까지
떨어진다. 하늘이 온통 안부 같다.

함께, 오를 수 있는 만큼

누구에게나 친구는 특별한 존재겠지만, 내게 친구는
가족이며 또 다른 분신이다. 선천성 난치병을 지니고
살아온 탓에 많은 제약 속에서 유년 시절을 보냈다. 그러나
행운이었던 것은, 과분할 정도로 의젓한 친구들이 곁에
있었다는 것이다. 그들은 가방을 대신 들어 주고, 숨이 찬
내게 등을 내어 주었다. 덕분에 계단과 오르막을 올랐고, 내
육체로는 갈 수 없는 곳을 오르기도 했다.

2016년, 의료인이 된 친구, 소방관이 된 친구를 포함한 일곱
명의 친구들은, 만약의 사태를 대비해 수액과 응급 처치를
할 의료용품, 산소통 등을 챙겨 알루미늄 지게에 나를
태우고 산에 올랐다.

오래전, 친구에게 한 번도 산에 올라가 보지 못했다는
말을 했다. 그래서 사람들이 산 정상에서 찍은 사진을 보면
맘이 이상하게 슬퍼진다는 이야기를 했다. 친구는 그 말을
잊지 않고 오래 간직했다. 시간이 지나 그 친구는 의료인이
되었고, 어느 날 조심스럽게 산에 오르자는 이야기를 꺼냈다.
처음 친구에게 산에 대한 이야기를 꺼낸 날, 친구는 곧바로
나를 업고 산에 오르고 싶었다고 했다. 하지만 혹시 산에

오르다 사고가 나든가, 내가 아플까 걱정이 돼 쉽게 그러할
수 없었다고 했다. 근데 이제 자신이 의료인이 되었으니 담당
의사에게 허락을 받고 준비할 의료용품을 챙겨 산에 오르자
했다. 만약의 일에 충분히 대비하여 함께 오르자 했다.
담당 의사에게 허락을 맡고, 필요한 장비들을 준비했다.
친구들은 팀을 꾸려 나를 앉힐 알루미늄 지게를 손보고,
점검차 산을 미리 오르며 등산로를 체크했다. 친구들은 한두
달, 나를 위한 계획을 짰다.
꼼꼼하게 준비를 하여 2016년 시월, 태어나 처음으로 산을
올랐다. 정확히는 친구들에게 업혀 산을 느꼈다. 친구들이
발을 디딜 때마다 그들의 등을 통해 산을 느꼈다. 산소통을
드는 친구, 미리 앞으로 가며 길을 점검하는 친구, 번갈아
가며 지게로 나를 업은 친구들, 뒤에서 받쳐 주는 친구, 그
표정을 담아 주던 사진가 친구. 사람들에겐 그저 서울의
완만한 산이었겠지만 내겐 그 어떤 산보다 아름답고 높은
산이었다.
산을 오르기 전 우리의 목표는 정상이 아니었다. 우린
'함께', 우리가 '오를 수 있는 만큼'만 오르자 했다. 그것이

우리가 생각한 정상이었다. 생각해 보면 친구들과의 시간이 그러했다. '함께', '할 수 있는 만큼'.

많은 불가능 속에서 살고 있다. 하지만 행운처럼 친구들을 만나 많은 풍경을 보았다. 그런 친구들을 생각하며 쓴 시가 「나 너희 옆집 살아」다. 함께 응급실에 가고, 보조 침대에 누워 나를 지켜 주던 친구들을 나의 몸은 기억한다. 그 힘으로 여태껏 살아 있다.

시간이 흘러 친구들은 직업을 갖고, 사랑하는 사람과 함께 가정을 꾸리기도 했다. 각자의 호칭에 걸맞은 삶을 사느라 예전만큼 자주 만나지는 못해도 내게 그들의 위치는 언제나 '옆집'이다.

나의 삶이 온전히 나의 것이 아님을 누누이 이야기한다. 친구들은 늘 헌신적으로 나를 대했다. 나보다 나를 더 위하는 친구들. 그들에게 이제는 먼저 이야기해야 하지 않을까. 이사를 가지 않는 아름다운 이웃들에게, 굳건하고 아름다운 친구들에게. 벨을 누르면 인사할 수 있는 그런 거리에 내가 있다고, 나 또한 너희 옆집에 산다고.

무제

마음이란 말은 어디에서 왔을까. 어디에 붙여도 온통 세계가
되는 이 말은 어디에서 왔을까.

품

문학은 늘 전부가 아니다. 내겐 그렇다. 친구와 함께 마시는
커피 한잔이, 피 검사를 기다리며 먹는 크루아상이, 의자에
걸쳐 놓은 셔츠가 더 좋다. 예배가 끝나고 친구와 햇볕을
쬐는 것이, 원고지에 편지를 쓰는 게 나를 평온케 했다.
전부를 거는 것처럼 행동하지만 모든 것을 걸 순 없다. 삶의
과정 속에서 시처럼 반짝이는 지점이 있는 게 축복일 뿐이다.
어릴 적 병원에서 집으로 돌아와 깨끗이 치워져 있는 방을
어지럽히던 순간, 방이 낯설어 마루로 나와 있던 순간, 밤에
이불을 덮고 천장을 보면 '이제 병원이 아니구나' 생각했던
순간, 몸이 조금 나아지면 친구를 불러 놀던 순간. 그것들을
하나하나 잊지 않고 짚어 준 시가 축복이다.
복잡하고 이상한 그래프를 만드는 기분이다. 그 시를 썼던
시기, 누구와 어떤 시간을 보냈는지가 먼저 생각나면 좋겠다.
문장은 나의 아름다운 사람들을 담기엔 너무 협소하다.

용기

누워 있는 나를 내려다보던 네 표정은 엄마 다음으로 슬펐어.
울지를 못했거든. 엄만 내가 안 보이는 데서 울었는데, 너도
그러더라고. 그래서 엄마와 네가 우는 모습은 다른 사람을
통해 이야기로 전해 들어.

그저 나아가고 있다는 걸 스스로가 아니라 타인을 통해
깨달을 때가 있어. 오늘 너를 보면서 그런 생각을 했어.
느린 나를 위해 먼저 걸음을 옮겨 내가 지나갈 때까지 문을
잡고 있는 네 모습은 비유가 아니잖아. 네가 문을 잡고 있던
덕분에 많은 풍경 속으로 들어갔어.

나보다 너를 신뢰할 때가 많아. 지혜롭지도 용감하지도 못할
때가 많은데 그런 순간엔 널 떠올려. 그렇게 마음을 다잡는
건 나의 작은 의식이야.

네가 참 좋아. 양념게장을 생동감 있게 먹고 짜장면을
순식간에 먹어 치우는 네가. 잘 먹는 네 덕에 나도 함께 잘
먹게 돼. 너와 있으면 건강해지는 걸 느껴. 고마워. 네가 내
호흡이고 걸음이야.

무제

친구야 오늘은 하늘이 정말 예쁘더라. 건물 어깨에 걸려 있던
구름이 꼭 네가 업고 다니던 꼬마 동혁이 같더라. 누구를
업는 기분은 어떤 걸까. 가쁜 숨을 나눠 줘서 미안해. 그래도
난 네 등 위가 참 좋다.

오늘은 눈이 펑펑 내렸고

오늘은 눈이 펑펑 내렸고 정말 예쁘게 내렸고

우주 같았고

중력이 사라지는 것 같았고

천천히 별이 내리는 거 같았고

별이 내게까지 떨어져 슬프지는 않았고

하지만 눈물이 날 거 같은 기분이었고

친구랑 같이 저녁을 먹고 커피를 마시고 눈을 구경했고

갖고 싶은 것들이 조금씩 줄고 있고

누군가와 같은 공간을 쓴다는 건 어떤 의미일까 생각했고

마음까지 가난한 사람이 되지는 말자는 다짐을 했고

달력은 무의미해졌고

원하는 시간을 살 것이고

불안하지 않고

보고 싶은 사람들이 많고

사랑하는 사람에겐 자주 헤픈 사람이 되고 싶고

이전보다 끼니를 잘 챙기고 있고

장을 보며 먹어야 할 것들을 골라 담았고

새해 선물로 중절모 하나를 스스로에게 주었고

이제 빨래를 개야 하고

주말엔 수다스러운 사람이 되고

더불어 다정한 사람이 되고 싶고

안부가 돌아오지 않아도 다음 주말까지 기다리는 사람이

되고 싶고

성탄절

성탄절엔 친구에게 메시지가 왔다. 사랑해라고 말하는
친구의 메시지가 찬송가처럼 들리던 날이었다.
사람 때문에 많은 슬픔이 있었지만 사람 때문에 많은
기쁨도 있었다. 자주 잊고 있지만 내가 웃는 걸 좋아해 주는
사람들이 있다. 지금의 마음이 어디로부터 흘러왔고 어느
곳으로 흘러갈지 홀로는 모를 때가 많다. 그러나 눈을 감고
사랑하는 친구의 이름을 부르면 무엇이 나를 위한 일인지
알 수 있다. 한 단락의 시간이 가는 중일 거다. 친구가
출퇴근길에 나의 책을 읽는 상상을 한다. 나의 문장을 읽으며
자신의 기도가 쓸모없는 일이 아니었던 걸 알았으면 좋겠다.

CANON AUTOBOY 3

유년 시절의 사진이 없다. 가족끼리 여행을 간다거나
나들이를 가는 일이 없었다. 대부분의 시간을 실내에서
지냈다. 병원 생활을 하지 않을 땐 집에서 잠을 자거나
멍하니 있었다. 학교를 다녀오는 것만으로 힘이 들었다.
엄마의 바람은 출석 일수를 채워 유급하지 않고
고등학교까지 졸업하는 것이었다. 담임 선생님보다 양호
선생님이 가깝게 느껴질 때가 많았다.
수학여행은 가 본 기억이 없고, 소풍을 가 본 기억은 드물게
있다. 소풍이나 수학여행을 가지 않는다고 집에 있는 건
아니었다. 학교에 나가면 이런저런 사정으로 수학여행이나
소풍을 가지 못한 친구들이 한 교실에 모였다. 담당 선생님이
들어오셔서 영화를 보여 주곤 하셨다. 그렇게 오전 수업까지
학교에 있다가 점심시간이 되면 하교를 시켜 주었다. 나는 텅
빈 교문을 나가며, 쓸쓸함을 처음으로 예습했던 것 같다.
학창 시절, 가방을 들어 주고, 숨이 차면 기다려 주고,
업어 주는 친구들 덕분에 움직일 수 있는 공간이 조금씩
늘어났다. 그럼에도 끝끝내 함께 갈 수 없는 곳은 있어, 텅 빈
교문 같은 시간을 지날 때가 있었다.

우리 가족은 여행을 갈 생각조차 하지 못했다. 웃을 때도 있었겠지만, 힘들 때가 많아, 부모님은 내게 카메라를 들이댈 생각조차 하지 못하셨던 것 같다. 몇 안 되는 어릴 적 사진이 있다. 이사를 하며 사진을 발견했다. 어릴 적 우리 집에 살던 친척 누나가 소풍에 따라가 찍어 준 사진이었다.

시간이 흘러 자동필름카메라가 다시 유행했다. 어릴 적 우리 집에 있던 카메라와 같은 기종을 중고로 구했다. 엄마에게 기억나냐며 사진기를 보여 주었다. 그리고 첫 필름으로 엄마를 찍어 주었다. 이제는 숨이 차면 차는 대로, 울고 있으면 우는 대로, 그렇게 찍을 거다. 내가 엄마를, 아빠를, 누나를, 친구들을. 우리 모두 텅 빈 교문을 홀로 지나가지 말고, 카메라를 사이에 두고 둘 이상이 되자고.

WATERMAN EXPERT

아버진 오랫동안 사무직이셨다. 내가 읽은 책보다 훨씬 많은 서류를 보셨을 것이다. 아버지는 많은 서명을 하셨다. 아버지의 양복 안주머니엔 볼펜이 꽂혀 있었다. 아버지의 서랍엔 수성펜과 볼펜, 연필, 지우개, 수정 테이프, 호치키스, 포스트잇이 늘 있었다. 어릴 적, 아버지의 글씨가 멋있어 몇 번이고 따라 한 적 있다. 하지만 그렇게 정갈한 글씨를 쓸 순 없었다.

이십 대를 지나고 있을 무렵이었다. 아버지는 정년이 얼마 남지 않은 회사에 다니고 있었다. 퇴근 후 집에 오신 아버지께서 만년필을 주셨다. 선물받은 만년필인데 쓰라며. 상자를 열어 보니 나보다는 아버지와 어울릴 물건 같았다. 후드티를 즐겨 입던 나보다 슈트와 서류 가방을 들고 다니는 그에게 더 어울리는 만년필이었다. 하지만 내가 쓰면 좋겠다며 주셨다. 과분한 만년필이었지만 감사한 마음으로 받았다. 그 후 열심히 만년필을 썼다. 타자로 원고를 쓰기도 하지만, 여전히 많은 문장을 만년필로 쓴다.

많은 일들이 애쓴 만큼 좋은 결과가 따라오는 건 아니다. 애쓴 것과 다르게 나쁜 결과가 생기기도 했고, 애쓰지 않았는데 좋은 일이 찾아오기도 했다. 가늠할 수 없는 일투성이다. 이십 대, 등단을 준비한 시기가 있었다. 우체국에 가서 그동안 쓴 글들을 투고하고 나서야, 스스로의 모습을 본 것 같다. 우체국을 나와서야 그 겨울에 슬리퍼를 신고 나간, 면도를 하지 않은 스스로를 깨달았다.

준비한 일이 어긋날 때, 필요 이상으로 스스로를 채근할 필요는 없다. 많은 사람에게 시간은 다르게 작용한다. 시간을 직선적으로 인식하는 사람도 있고, 곡선처럼 활용하는 사람도 있다. 그 시기 내게 시간은 전자에 가까웠다. 단선적으로 한 가지 목표를 향해 있었다. 결과가 좋지 않을 때마다 왜 그렇게 스스로를 못살게 굴었는지 모르겠다. 물론 그 시기가 지나 할 수 있는 생각인 것을 안다.

그러나 그 시기에, 잘한 일이 하나 있다. 투고한 날엔 근사한 식당에 가서 혼자 밥을 먹은 일이다. 스스로에게 주는 선물이었다. 하루 종일 문장만을 생각한 시기였다. 사람들과 연락도 하지 않고 작은 방 하나를 빌려 글을 쓰던 시기였다. 아무도 그런 모습을 알 순 없었다. 하지만 스스로는 아니까, 스스로에게 수고했다는 말을 해 줘야 할 것 같았다. 하루는 맛있는 것을 먹자고, 푹 자자고 말해야 할 것 같았다.

등단은 글을 쓰는 과정 중 하나다. 다양한 길들이 생기고 있다. 글을 쓰기 위해 등단을 꼭 해야 하는 시대는 아니다. 누군가는 등단을 오랫동안 준비하기도 하지만, 누군가는 온라인에 글을 올리며 보폭을 넓히기도 한다. 문예지나 시집 대신, 메일을 통해 독자를 만나기도 한다. 덕분에 많은 군의 작가들이 탄생하고 있다. 자신이 원하는 방식을 선택하고 나아가고 있다.

문학을 삶의 전부처럼 대하는 사람보다, 일부로 여기는 사람에게 마음이 더 기운다. 그저 삶을 꾸리는 데 문학이 조금이라도 건강히 기여할 수 있다면 그것은 얼마나 큰 축복일까. 그러니 아직 해결되지 않은 문장과, 떠나지 않은 풍경에 대해 생각하는 것을 괴로움으로만 두지 않길 소망한다. 더 적확하고 풍성한 글을 쓰기 위한 과정으로 여기고 싶다. 삶이 나아가고 있다고 믿고 싶다.

나의 직업은 출근이나 퇴근이 없다. 누군가 이제는 됐다고 말하지도 않는다. 모든 선택은 스스로 해야 한다. 더 알맞은 언어는 없는가, 문장들이 더 잘 흘러갈 순 없나, 어떻게 저

풍경까지, 저 사람에게까지 닿을 수 있을까 고민하는 것이
나의 업무이다. 그리고 매번 언어, 풍경, 사람은 변한다.
그래서 어떤 노하우도 생길 수 없다. 그저 매번 부딪치며
배울 뿐이다.

아버지께서 주신 첫 만년필의 제품명은 'EXPERT'다.
'전문가'란 뜻이다. 이 만년필로 등단을 했고, 시집을
냈다. 하지만 여전히 익숙해지지도 쉬워지지도 않는 일을
하고 있다. 아버지는 삼십 년 넘게 한 분야에서 일하셨다.
누구보다 그 일에 전문가가 되실 무렵 아버지는 직장을
그만두셨다.

무제

낭만은 비효율적이다. 마음을 쏟은 것들이 나를 더 슬프게
한다.

무제

낮 밤이 바뀌었다. 고요한 시간이 늘었다. 대화할 수 있는
시간이 줄었다. 그래서 말을 자주 적어 놓는다. 만나면
하지도 못할 말을 적어 놓는다. 혼자 하는 이야기는 너무
일방적이다. 당신이 나를 사랑하지 않는다면 모두 쓸모없는
말이다. 지구본은 참 작은데 당신은 너무 멀리 있는 것 같다.

곁

병원에 들어온 지 사 주가 되었다. 크리스마스와 새해를
이곳에서 보냈다. 입원과 함께 많은 공간을 박탈당한다.
그것이 불행의 이유가 되기도 한다.

친구들이 보고 싶으면 친구들을 보러 갔었다. 밤늦게라도
그들에게 갔다. 병원은 그럴 수 있는 곳이 아니다. 주어진
공간은 작은 침대 위가 전부다. 침대 위에서 피를 뽑고 침대
위에서 밥을 먹고 침대 위에서 친구들을 그리워하다 옆으로
누워 오랫동안 숨소리를 듣는다.

아픈 것은 참을 수 있다. 아니 어쩔 수 없이 참아야 하는
것이다. 그런데 어디로 가지 못하는 것은 정말이지 참기
어렵다. 탁자에 마주 앉아 머그를 잡은 친구의 손을
바라보는 일. 방문을 열고 나와 빵을 접시에 올려 두는 일.
차에서 내리면 차 밖의 정적이 나를 맞이하는 일. 교회로
향하는 일요일. 가끔은 행선지도 없이, 그리워할 대상도 모른
채 한참을 서성이는 일. 그런 것들이 불가능해진다.

서점에 가고 미술관을 가고 옷가게를 가고 친구를 만나러
가고 학교에 가고 카페에 가는 모습이 없다. 옆으로 누워
표정을 숨기는 내가, 같은 병실 아이의 울음소리를 듣는

내가, 아이들의 퇴원을 지켜보는 내가 있다.

친구들이 잠깐 들러 농담을 하고 가면 많은 것이 그리워진다. 병실을 나가는 친구들의 모습을 보면 고마운 마음과 함께 쓸쓸한 마음이 들기도 한다. 더 많이 걷고 더 많이 함께이고 싶다.

곁을 지키는 일은 힘들다. 한 사람의 언저리에 낮은 의자를 가져다 놓는 일. 그것은 사랑의 다른 말 아닐까. 그것은 희귀하고 아름다운 일이다. 곁을 지키고 싶었던 사람들을 두고 이곳에 왔다. 혹 내가 필요한 일이 생겼을 때 나의 의자가 안 보일 때 나는 어떠한 죄를 짓는 것일까. 그들의 곁, 곁을 지키고 싶다.

나의 슬픔은 병실이 비좁아서가 아니다. 나의 병실이 당신이 있는 곳까지 닿지 않기 때문이다. 우린 미안하고 그리워하다 끝이 날 것만 같다.

TERRE D'HERMÈS

마비가 왔고, 숨이 점점 안 쉬어지다가 기절을 했어. 엄마
앞에서 친구 앞에서. 정말 큰일이 날 줄 알고 두려웠어.
일어나니 엄마와 친구들이 있었어. 사랑하는 친구 둘은
퇴근을 하고 번갈아 가며 병원에 왔어. 마비된 내 몸을 들고
기저귀를 갈아 주고 보호자석에 앉아 있다가 갔어.
친구는 내가 그렇게 여행을 가고 싶어 했는데 단둘이 여행 한
번을 가 보지 못한 게 마음에 남았대. 퇴원을 하고 회복한 후
친구가 제주에 가자고 했어. 어렵게 휴가를 낸 친구와 제주로
떠났어. 나의 아름답고 용감한 친구와 함께.
제주에 갈 때마다 안도 다다오의 건물에 가. 그 건물을
친구와 천천히 걷고 있었어. 친구는 그 누구보다 훌륭한
안목을 가졌어. 무엇이 근사한 일인지, 무엇이 근사한
작품인지 아는 그런 눈 말이야. 설명할 필요도 없이, 친구는
알아보더라고. 그 건물의 아름다움을 말이야. 우린 물소리를
따라 걸었고, 빛을 따라 걸었어. 별 이야기도 나누지
않았지만 함께 걷는 것이 커다란 대화임을 우린 알고 있었던
것 같아.
산방산 근처의 숙소에서 묵게 되었어. 높고 멀리 뻗은 자연이

가끔 두려워. 근데 산방산에선 기품이 느껴졌어. 친구는
산방산을 사랑한다 했어. 바다 앞의 산방산이 꼭 친구의 모습
같았어.

마지막 날 숙소 테라스에서 친구는 맥주를 마셨고, 나는
포카리스웨트를 마셨어. 산방산을 보며 늦게까지 이야기를
나눴어. 친구는 머뭇거리는 아이가 아닌데 머뭇거리며
이야기 꺼냈어. "네가 시를 썼으면 좋겠어." 대답 대신 친구와
산방산을 번갈아 보았어. 그 시기, 글을 쓰고 싶지 않았거든.
친구는 그런 내 모습이 걱정되었나 봐.

익숙한 것을 바꾸는 일은 쉽지 않잖아. 향수는 어떤 시간
같은 거라서, 스스로 매듭짓지 못하겠더라고. 오랫동안
쓰던 향수를 겨우 바꿨어. 여행을 끝내고 서울로 올라오기
전 공항 면세점에서 말이야. 몇 가지 향을 맡았어. 그리고
TERRE D'HERMÈS를 맡는 순간 고민 없이 구입하게
되었어. 이 향수엔 산방산의 기품이 있어. 산방산을 올라
보진 않았지만, 밑에서도 느낄 수 있었어. 왜냐면 그건
친구의 모습과 다르지 않을 거라 믿었거든.

어떤 시간은 흘려보내야 하잖아. 어렵지만 해야 하는 것이

있잖아. 이 향수를 사게 된 계기야. 예전의 향이 남아 있으면
방 밖으로 걷지 못할 것 같아서. 산방산처럼, 친구처럼
용감하게 걸으려고. 그런 문장을 적으려고. 숲의 향을, 산의
모습을 닮으려고.

어린이에게 받은 것들

어린이들에게 받은 것들은

모두 삐뚤빼뚤하고

버릴 수 없으며

볼 때마다 다른 기분이고

그것들이 마음을 다잡게 하고

그러니까 '삼촌'이라고 쓰던가

엄마보다 나이가 많은 나를

'형'이라고 부른다거나

이게 무슨 모양일까 알 수 없던 내게

친구가 가르쳐 준 ♡

찌그러진 하트

손으로 꾹꾹 눌러 그려 준 고마운 하트

'시인님 열심히 쓰세요'라고 한 번도 본 적 없는 내 얼굴을

그려 준 어린이들의 커다란 그림 편지

자신들의 이름을 써 놓고 '작품'이라고 또박또박 써 놓아

미술작품을 대하듯 조심히 집에 가져간 그림 편지 작품

형수님이 삼촌 아프다고 이야기했더니 조카가 팔에 붙여 준

주사기 스티커

퇴원하고 집에서 만들었다며 방향제를 보내는 아이
내 링거를 끌어 주는 아이의 두 손
병실 침대 위에서 주전자 춤을 춰 주던 아이
외래에 왔다가 병실에 와서 보조 의자에 앉아 있다 간 아이의
시간
모두가
잊을 수 없는 것들이어서
조금 덜 부끄러운
삼촌
형이 될 수는 없을까 생각해
이 중 누군가는 먼 곳으로 떠났고
누군가는 어린이를 벗어났고
누군가는 나를 잊었을 수도 있겠지만
너희들이 나와 보낸 시간은 절대 잊을 수 없는 것이어서
그 시간들을 떠올리면 많은 일이 누그러져
아무것도 하지 않고도 그렇게 귀한 걸 준 너희가 생각나
다른 사람에게 뾰족한 것들을 주고 싶지는 않고
너희는 내 마음 뾰족한 가지를 치는 성실한 정원사이고

시월

친구는 시월이 된 걸 가르쳐 주려고 전화를 했단다. 날이 더
추워지면 맘껏 못 신을 것 같아서 좋아하는 슬리퍼를 신고
나갔다. 외투를 뒷좌석에 실어 놓았지만 입고 싶지 않았다.
선글라스를 끼고 낮을 거닐었다.

일력

제 마음 우울의 도래지죠. 우울은 겨울마다 날아오는
철새죠. 몇 해 전부터 한 번도 잊은 적 없이 찾아왔죠. 한
해가 가는 것도, 오는 것도, 겨울 속에서 가능한 일이지요.
무언가를 정리해야 한다면, 시작해야 한다면 겨울에 해야
할까요. 겨울은 자주 멈추게 하고 자주 앓는 계절이죠.
그러나 겨울엔 새 노트를 사고, 일력을 사죠. 철새가 맘껏
쉬다가 날아갈 공간을 마련해야 하죠. 그래야 겨울은
끝나죠. 한꺼번에 여러 장의 일력을 찢는 날, 어떤 풍경이
뭉텅뭉텅 사라질 때를 알아요. 겨울이 간 걸까요. 아니면
새가 사라진 하늘이 휑한 걸까요.
무엇이든 나는 얇아지고 있어요. 하얀 구름 같은 게 뜯겨
나가는 걸 느껴요.

오늘 본 나무들은 모두 트리 같아

싸움을 걸어오는 감정들이 있지. 그 감정들 앞에서 나는 함께
싸움꾼이 된 것 같아. 그 싸움이 얼마나 나를 망가뜨렸는지
스스로 알지. 이미 많은 것이 망가졌지. 어떠한 상황에서
격을 지키는 것은 어렵지. 내가 보인 민낯들이 생각나. 그
앙상한 이목구비를 기억하는 사람이 있겠지. 그 사람이
기억한다는 사실보다 두려운 건 그 민낯까지 내 모습이란
걸 받아들이는 일이었어. 벗어날 수 없는 일이지. 아주 많은
것들은 내부로부터 파생되니까.

사랑하는 친구야, 누구도 축하할 수 없는 상황일 때가
있잖아. 마음이 기울어 있어서, 기쁜 일들이 아래로 아래로
미끄러져 내버려질 때가 있잖아.

얼마 전 너희 집에서 자고 다음 날 네가 다니는 교회에
갔잖아. 성가대에 우뚝 서서 찬송가를 부르는 모습을 보았어.
어떤 기도를 해야 할지 모르겠지만 기도를 했어.

신이, 의사가, 가족이, 친구들이 어렵게 살려 두었더니
감사한 것도 순간이고 어느 순간 버겁더라고. 중환자실에
누워 너희들을 생각하며 울던 순간들이 기억나지 않을
정도로.

엄마는 이야기했어. 몸에 좋은 거 백 개 하려고 하지 말고, 몸에 나쁜 거 하나를 안 하는 게 건강에 좋다고. 몸에 안 좋은 것들을 멀리하고 있어. 아파서 피해 주지 않고 맘 쓰이지 않게.

사랑하는 친구야 살아서 겪어야 할 일은 참 많은 것 같다. 하지만 오늘은 오래 살고 싶어서 눈물이 났어. 그냥 오래 살고 싶어서. 아주아주 오래 살고 싶어서. 숨도 좀 덜 차고 아프지 않고 백 살 이백 살 살고 싶어서. 그래서 내 눈으로 직접 휘발되고 정리되는 것들을 보려고. 네가 기도하는 신께 내 안부를 전해 줘. 생신 축하드린다고. 이런 땅에 왔다 가 주셔서 감사하다고.

예수님은 인간의 각막으로 마음으로 직접 보셔서 아시겠지. 인간의 몸을 가져 봤던 신이니까. 내가 겪는 이 기형적 질병과 감정, 어그러진 모습을.

오늘 본 나무들은 모두 트리 같다.

무제

괜찮게 웃었지만 불 꺼진 병실 안에선 숨겼던 표정들이
나온다. 아이들이 울 때 함께 울고 싶을 때가 있기도 하다.
자고 일어나 피를 뽑고 체중을 재고 의사의 말을 경청한 후
아침을 먹으며 또 잊겠지만.
병실에서 의지를 갖기는 어렵다. 할 수 있는 것도 많지
않지만 뭘 어떡해야 하는지 모르겠다. 나아지는 기분이
들지 않는데 애써야 하는 일이 있다. 바늘은 얇은데 불안은
두껍다.

무제

선생님 사랑해요. 오늘은 밖에 비가 온다고 하길래 그 습도를
눈으로라도 느끼고 싶어서 병동을 이어 주는 구름다리로
링거를 끌고 갔어요. 같은 빗방울을 본다고 생각하니 마음이
괜찮아져요. 슬픈 적이 없었던 것 같아요.

엄마 지구는 둥글잖아요

엄마 지구는 둥글잖아요. 사실 본 적은 없지만 그렇게 믿고
있어요. 미숙하다는 건 제일 큰 죄인 것 같아요. 여러 번의
실수가 모였다는 거잖아요. 그런 마음을 떨쳐 낼 수 있는
거의 유일한 방법은 다시는 미숙해지지 않는 일이잖아요.
미숙함으로 용서를 받을 나이도 한참이 지났고요.
지구는 둥글잖아요. 엄마. 그래서 걷다가 보면 우연히
마주치는 것들이 있잖아요. 몇 해 전엔 동물원에 가서
북극곰을 만난 적도 있어요. 희고 누런 북극곰이요. 그런데
말예요. 그렇게 걷다 보면 사람들이 사라지기도 해요.
제가 지난 거리의 나무들이 앙상해지기도 했어요. 엄마는,
아빠는, 나무도 아닌데 그렇게 되기도 했고요.
그럼에도 둥글게 걷고 있는 스스로를 보면 곡선은 확실히
유쾌한 것은 아닌가 봐요. 둥근 얼굴로 둥근 눈알로 얼마나
뾰족한 것들을 만드는지 모르겠어요. 물론 스스로 해낸
일들도 있죠. 뾰족한 것들을 어루만지던 적도 있고요. 울던
사람의 어깨를 봉긋 솟게 한 적도 있고요. 엄마 대신 수술
동의서와 중환자실 동의서에 서명을 하던 느리지만 꾸준히
자라던 아들이잖아요. 너무 느리게 자란 게 죄라면 큰

죄겠지만요.

엄마 그래도 저는 걷고 있어요. 엄마가 알아줬으면 좋겠어요.
사람들이 기대하는 건 저를 위한 것이었는데 이렇게
스스로를 막 대하는 이유를 모르겠어요. 저는 이제 더 이상
저의 죄를 신에게 용서해 달라고 하지 않아요. 다시 엉망인
얼굴을 하는 게 얼마나 나쁜 일일까요.

이제 더 이상 누구도 꾸중을 하지 않고요. 앉아야 하는
의자는 스스로 고르죠. 엄마 그래서 전 스스로를 잃지 않고
스스로를 잘 알아보려고 하고 있어요. 오늘은 또 엉성한
자세로 잘못을 저질렀어요. 다시는 그러지 않을 방법을
생각하고 있어요. 생각을 하고 적어 두었어요. 또 잊어버릴까
봐요. 미숙한 건 이제 그만해야 하잖아요.

세계의 거의 모든 것들을 안을 수 있었던 시기가 있었어요.
엄마도 알죠? 그때 저는 그 누구보다 사람들을 사랑하고
기도했어요. 넘어지는 사람들 주변에 있겠다 다짐했어요.
제가 먼저 이렇게 넘어질 것도 모르고 말이에요. 하루에도
여러 종류의 다짐을 하고 실행해요. 근데 의도치 않은
일들이 생기고 다시 그 얼굴을 해요.

사람들의 표정을 봐요. 어질고 유쾌한 표정들이요. 저도 저런
표정을 가진 적 있었을 것 아니에요. 물론 스스로의 얼굴은
단 한 번도 마주하지 못했지만요. 저를 보는 사람들의 표정을
보며 깨달았을 때가 있어요. 난 잘 하고 있구나. 하지만
요즘은 사람들의 걱정을, 눈물을 자주 봐요. 그들의 표정이
제 표정임을 알아요. 그래서 잘 지내고 싶어요. 그들의
평온한 거울이 될 수 있다면, 그건 어떤 축복일까요.
이발을 했어요. 새 샴푸를 샀어요. 깨끗이 씻어 낼 수 있는
건 그렇게 해야 하니까요. 하얀 거품과 함께 떠나지 않은
생각들이 씻겨 내려갔으면 좋겠어요.
내일은 귀한 행복과 햇볕이 있겠죠? 내일은 오늘 심어 놓은
씨앗이 피어나는 일이겠죠. 세계가 저를 모른 척한 적은
있지만 저를 끝낸 적은 없으니까 그래도 지구는 둥그니까
걷다가 보면 제가 심은 꽃들이 피어나겠죠? 꽃들이 꼭 아는
척하면 좋겠어요. 제 손끝에서 피어난 거라고 꼭 아는 척해
줬으면 좋겠어요. 사랑하는 엄마 제가 벌써 서른이 넘었어요.

아인슈페너

너그럽게 살면 좋았을 텐데, 더 웃었으면 좋았을 텐데,
건강을 해치지 않았으면 좋았을 텐데,
며칠 전 형이 아인슈페너를 해 줬다. 크림이 가라앉듯 천천히
안으로 안으로 저무는 사람이면 좋았을 텐데, 그래서 바닥도
조금 단 사람이었더라면 좋았을 텐데,

무제

이기적인 것과 스스로를 사랑하는 것은 다르다. 나는
이기적인 사람이지만 스스로를 사랑하라는 얘기를 종종
듣는다.

무제

덜 사랑하면 슬픔이 생기지 않을 수 있을까. 말을 하지 않고
견디는 방식이 필요하다. 하지만 슬픔은 너무 쉽게 찾아오고
계속 있을 것 같은 자세로 머문다. 나는 당장 일어서고만
싶다.

입원

이제 느낌으로 아는 것들이 있다. 어떤 통증이나 불안은 분명 처음보다 익숙해졌다. 그러나 아프지 않거나 불안하지 않은 것은 아니다. 익숙해진 것 같으면 새로운 증상이나 그에 따른 불안함이 생기곤 했다.

엄마가 입원 수속을 함께해 주고 갔다. 병원에 계속 계시려고 하는 걸 보냈다. 보조 침대에 누운 엄마를 보는 게 맘이 편치 않다. 걱정 말고 집에서 쉬라고 했다. 병원엔 의사 선생님도 간호사 선생님도 있으니 괜찮다. 나머진 스스로 다독여야 한다. 다행히 어린이 병동 환자 팔찌가 귀여워 괜찮다.

아무 생각하지 말고 푹 쉬고 나오라고 했다. 엄마는 발이 안 떨어지는지 몇 번이고 인사를 하고 갔다. 빈 보조 침대에서 자며 내내 나를 돌보던 엄마와 친구들을 모두 기억하니까. 많은 것이 이미 괜찮다.

시월

가을이 나를 구원하는 것 같은 기분이다.

텔레파시

요즘은 말하고 듣는 것보다 읽고 쓰는 것이 좋다. 관계는
육체와 감정의 체력이 함께 필요한데 갈수록 숨이 찬다.
근래 주로 집에 있으며 스스로의 소리에 집중하려 했다.
일어나 커피를 내리는 소리나 산소발생기를 틀고 옆으로
누워 시집을 넘기는 소리, 창문을 열어 두면 아파트 뒤에서
아이들이 야구를 하는 소리, 점심을 오랫동안 씹는 소리에
집중했다.

오래전부터 많은 친구에게 마음을 빚졌다. 일주일 이상
혼자인 상태를 유지하긴 어려웠다. 안부를 묻는 문자에
답장을 하고 전화를 받아 내가 괜찮게 지내고 있다는 것을
확인시켜 주었다. 그것이 나를 사랑하는 친구들에게 해야 할
최소한의 예의라고 생각했다.

갈수록 조금 움직이는 방법에 대해 생각한다. 그래도
친구들이 덜 서운했으면 좋겠다. 나름의 방법으로
하루하루를 잘 지내려 하고 있다. 기다린 친구들에게
늦게나마 찾아가 농담을 하고 얼굴을 보고 싶은 마음을
알아주었으면 좋겠다.

요즘 내가 쓰는 문장들은 너희들이 내게 심어 놓은

것들이야. 그것 때문에 나아지고 있어 일주일 이상 우울하지 않아. 너희 덕분에.

나 때문에 너희들의 시간 중 어느 곳이 쓸모없어지지 않았으면 좋겠어. 가끔은 웃고 종종 텔레파시 같은 걸 보내자. 내 초능력은 그 텔레파시를 받아 문장으로 적는 거니까 너희가 꼭 있어야 해. 오래 못 봐도 서로 미안해 말고, 가끔 목소리라도 듣자. 그것도 안 되면 눈을 감고 텔레파시를 보내자. 사랑해.

착실하게

많은 배려 속에서 살고 있다. 많은 사람들이 부족한
부분들을 채워 주어서 살고 있다.
혼자서 해내야 할 일이 있고, 혼자 감당할 일들이 있지만 그
앞에서도 넘어지지 않으려고 하는 것은,
이젠 그 배려에 대한 책임감 비슷한 것이 생겼기 때문이다.
사람들이 무엇을 원해서 배려하고 사랑한 것은 아닐 것이다.
그럼에도 이제는,
적어도 그들이 공들인 나의 삶을 스스로 무너뜨리는 짓은
하지 말자고 다짐한다. 몸살이 나서, 우울해서, 회의감이
들어서, 추워서, 그것도 아니면 그냥, 잠깐 쉬는 것에 대한
이야기는 아니다.
감사하게도 내 몸 안에 아직도 피가 흐르고 있다. 사람들
덕분에.
그 속도로 천천히도 좋으니 흘러가자. 가을에도 겨울에도
착실하게 할 수 있는 만큼만.

행복하지 않아도 되니

선생님께서 말씀하셨다. 동혁 씨는 요즘 어떨 때 기뻐요? 난
그런 순간이 없다고 이야기했다. 몇 년 전, 행복하지 않아도
되니 불행하지 않게 해 달라고 간절히 기도했다. 그 기도가
몇 년 만에 이루어진 것 같다.

나는 이제 작은 생각을 벗어던지고

친구야 이제 작은 생각을 집어던지고 우리가 자주 다짐하고
종종 잊는, 노를 젓는 마음으로 몸을 밀고 나아가듯
살아야지. 삶이 내게 무엇을 준다는 생각보다는 하루하루
스스로를 다스리고 아이들과 세계의 마음을 살펴야지.
감정은 너무나 우발적으로 피어나는 것이라 나도 내가
어떻게 변할지 모르겠지만 인간에게 천성이라는 게 있는
것이라면 나의 천성은 부디 선하길, 부디 선한 곳으로 기울길
기도하고 또 기도해야지. 지난 시간, 작은 일에 흔들리고
큰일에 무관심했다는 생각.
호흡을 가다듬을 때, 가방에서 짐을 빼고 하나의 만년필과
얇은 노트만 넣을 때, 이어폰 없이 공원을 산책해야 할 때.
나의 삶이 부끄럽지 않을 수 있을까.
부족하고 미숙한 것들뿐이어서, 바쁘다는 핑계로 그것들을
모른 척하느라 스스로의 얼굴을 구기며 지낸 건 아닌지. 밥을
먹고 병원에 가는 일보다 나를 건강하게 하던 일들을 다시
찾아야지. 침묵 속에서 편지를 쓰고 침묵 속에서 기도하는
마음으로, 미지의 공간에 떨어진 것처럼 하나하나 풍경을
더듬고 하나하나 살피며 돌아와야지.

어제 너와 헤어진 후 읽었던 시를 써 둘게. 천천히 읽고 옮겨
적어 두렴. 너도 언젠가 이 시를 스스로에게 편지처럼 주고
싶을지 모를 테니까.
사랑하는 친구야. 오늘은 가장 편한 신발을 신고 나가자.
발이 아프단 핑계를 대며 돌아오는 사람이 되지는 않게.

아이들의 책만 읽고
아이들의 생각만 위로하고
큰 것들은 모두 멀리 날려 보내고
깊은 슬픔에서 일어나야지.

삶에 죽도록 지쳐 버린 나
삶이 주는 것은 아무것도 받지 말아야지.
다른 땅을 본 적이 없기에
난 이 가난한 땅을 사랑한다.

멀리 있는 정원에서
소박한 나무 그네를 타던 시절

몽롱한 꿈속에서

그 높고 어두운 전나무를 회상한다.

—오시프 만델슈탐, 「아이들의 책만 읽고」*

---

* 오시프 만델슈탐 지음, 조주관 옮김, 『아무것도 말할 필요가 없다』, 문학의숲

칠월

여름이야. 비가 그쳤으니 다시 무더워지겠지. 여름 속으로
들어간 아이야. 얼마 전 네가 있는 곳에 다녀왔어. 나오는데
화단에 불두화가 피어 있더라. 머리를 숙여 나에게까지 닿을
것 같았어.

오늘은 날이 흐렸어. 아침엔 옅게 비도 왔고. 흐리고 낮은
하늘 밑에 십자가가 있었어. 많은 기도를 했는데 많은 것이
기도대로 되지 않았어. 내가 한 기도가 어디로 갔는지 신께
묻고 싶었는데 말았어. 그 대신 혼자 이른 저녁을 먹었어.
너희 어머니가 보내 주신 사진을 보면서 먹는데 네가 앞에 올
것 같은 기분이 들기도 했어.

네 곁에 흰 불두화가 피어나서 다행이야. 형의 주변에도
근사한 꽃이 피면 찍어 갈게. 곧 유월이고 칠월이야. 어느
때보다 너를 가깝게 느꼈던 칠월.

미안해

친구들에게 문득 미안하단 말을 듣는다. 왜 그러냐고 뭐가
미안하냐고 물으면, '연락을 자주 못 해서', '아픈데 찾아가
보지도 못해서' 같은 이유다.

엄마가 수술실에 함께 들어가지 못한다는 걸 일찍 알았고,
학교에도 함께 갈 수 없다는 걸 알았다. 다행히 내 곁엔
친구들이 있었는데 덕분에 작게 울고 크게 웃었다.

엄마가 함께하지 못하는 곳엔 늘 친구들이 있었다. 내게
친구라는 말은 제일 귀한 칭호다. 친구라는 칭호는 마음에
붙어 있는 거니까.

사는 곳이 멀어져서, 일이 바빠서, 가정이 생겨서, 아이가
생겨서, 혹은 각자의 이유로 예전만큼 자주 연락하고 자주
만날 순 없다. 그것은 자연스러운 것이다. 삶이 자연스럽게
어디론가 흘러가는 것을 느낄 뿐이다. 단, 충분히 고맙다는
말을 하지 못한 친구가 있을까 봐 그것이 마음에 걸린다.

친구들에게 미안하단 말을 들을 때 괴로운 이유는,
친구들에게 마음의 부담이나 짐이 되는 건 아닐까라는
생각이 들기 때문이다.

더 이상 무엇을 하지 않아도 된다는 이야기를 꼭 해 주고

싶어서, 이미 넘치게 받았다는 말을 해 주고 싶어서,
너희들이 어디선가 잘 지내고 있는 것이 나의 기쁨이기도
하다는 것을 이야기해 주고 싶어서. 그러니 사려 깊은 나의
친구들아 자주 기쁘길.

뉘앙스

뉘앙스. 사랑할 때 커지는 말, 뉘앙스. 네모였다가 물처럼
스미는 말, 뉘앙스. 더 많이 사랑해서 상처받게 하는 말,
뉘앙스. 아무 말 하지 않고도 모두를 말하는, 뉘앙스. 온도,
습도, 채도까지 담고 있는 말, 뉘앙스.

정적 속에서 사뿐하게 상대를 이해해야 할 때가 있다.
상대를 감싼 모든 것이 그의 언어임을 알고 풍경을 눈여겨볼
때가 있다. 세계엔 손잡이가 없다. 그래서 쥐자마자 델 수
있다. 손이 닿기 전에 알아야 하는 것이 있다.

사랑할수록 작은 뉘앙스에 휘청거린다. 시 또한 그러지
않을까. 무엇을 쓰려고 할 때, 그것 앞에서 바들바들 떠는
일, 그것 앞에서 눈치를 보는 일, 사소한 움직임 하나에도
나의 생활이 엉망이 되는 일.

사랑할 때 무심히 넘겨야 할 말은 아무것도 없다. 뉘앙스,
말하지 않아도 들어야 하는 말. 당신이 쓰고 내가 읽는 마음.
뉘앙스.

2부

첫 행

첫 행은 기체에 관한 것이다. 나쁜 마음들은 고체에 가깝다.
나쁜 마음을 기화시키지 못하면 어떤 문장도 쓸 수 없다.
용서를 빌거나 알코올 솜을 꾹꾹 누를 때, 나는 떠오를 수
있겠구나 생각한다. 구름 밑으로 떨어지는 것 중 아름다운
건 눈과 비뿐이다.

이곳이 천국이 되었을 것이다

평생 볼 것처럼 얘기하던 친구들끼리도 사소하게 어긋나고
항상 커 보였던 선생님도 작은 모습이, 슬픔이 있구나 느끼고
매주 함께 시를 쓰던 친구들도 이젠 회사원이 되고
그리운 것들도 가끔은 잊고
슬픈 것들도 종종 작아지고
시간 앞에선 여전히 미숙하지만
지금 해야 할 일, 지금 만나야 할 사람, 지금 가야 할 곳을
안다.
언제가 됐건 작고 희귀한 일에 관하여 모른 척하지 말자
다짐했다.
사소하게 흘렸던 풍경들이 천국으로 향했다.
흘리지만 않고 차곡차곡 쌓아 두었다면 지금 이곳이 천국이
됐을 것이다.

악기

음악을 많이 듣는다. 샤워부스에 들어가서도 음악을 듣는다.
정지할 때도 이동할 때도 음악을 듣는다. 거의 모든 시간을
음악과 함께 보낸다. 음악을 들을 때마다 이곳을 떠난
아이들과 가까워지는 기분이 든다.

아이들은 모두 어디로 갔을까. 그러니까 내가
태어나면서부터 다닌 이 병원. 병원에서 태어나 병원에서
떠난 아이들.

떠난 아이들이 악기 속으로 뛰어갔다고 생각했다. 피아노
속으로, 반도네온 속으로, 오르간 속으로, 첼로 속으로,
트럼펫 속으로. 아이들과 함께 사라진 별들과 새들도 그
안으로 들어간다고 생각했다.

그들이 악기 속에 있다는 것은 다행이다. 가까운 곳에서 듣고
만지며, 살아 있는 나의 죄와 살아내야 하는 나의 의무를
감각한다. 그들이 하나의 소리로 곁에 누우면 그것을 옮겨
쓴다. 그들의 목소리를 옮겨 쓰고 나는 다시 미안하다.

어떤 사람은 그런 말을 했다. 쓸 것이 병밖에 없냐고. 나는
아직, 함께 병을 재우고 깨우던 아이들의 목소리를 기억하는
것만으로 시간이 부족하단 생각이 든다. 내 시가 파생된
곳은 나의 의지와는 무관하던 곳이다. 그곳에서 비슷한
기도를 하던 아이들이 나의 시를 쓴다.

아이들의 얼굴을 모두 잊고, 더불어 나와 아이들이 병 밖에
있을 때 나는 시를 쓰지 않을 것이라 다짐한다. 그렇게 되는
날부터 나는 시를 버리고 아이들과 하루 종일 뛰어다닐
것이다. 숨이 차지 않는 곳에서, 약을 먹지 않아도 되는
곳에서. 환자복이 아닌 알록달록한 옷을 나눠 입고.

병원 교회 목사님은 "다음 주엔 만나지 말자"고 하신다.
병실에서의 정든 얼굴들에게 다시는 만나지 말자며 떠나도
기어코 다시 마주치는 사람들. 혹은 마주치지 못해 영영
꿈에서나 마주치는 사람들. 궁금하고 그리워 퇴원 때 받아
놓은 전화번호로 전화를 하려 해도 혹시 무슨 일이 생기진
않았을까 망설이게 되는 이곳의 사람들. 궁금해도 그리워도

가끔은 슬퍼도 우린 다신 만나고 싶지 않다.

악기 속에서 익숙한 소리가 들리면 새벽 기도에 나가곤 했다.
집에 돌아와 그 소리와 내가 한 기도를 함께 옮겼다. 나는
그것이 시의 모습이라 생각한다.

내가 쓴 문장과 아이들의 소리가 얼마나 같은지는 인식으로
판단할 문제가 아니다. 그것은 영혼에 관한 일이다.

SM3

중환자실을 나가면 아빠가 너 갖고 싶은 차 꼭 사 줄게.
아버진 중환자실에서 인공심폐기를 끼고 있는 내게 약속을
했다. 수술하고 오랫동안 누워 있는 바람에 살 뿐만 아니라
근육까지 빠져 체중은 39킬로그램이 되었다. 처음엔 보조
기구 없이 걷지도 못했다. 어렵지만 가족 덕분에 천천히
회복을 했다. 어렵게 한 수술이 물거품이 되지 않도록, 퇴원
후에도 회복에 힘을 쏟았다.

그렇게 시간이 지나고 아버지께서 통장에 현금을 넣어
주셨다. 갖고 싶은 차가 있으면 사라고 하셨다. 차를 보러
갔다가 반한 차가 SM3였다. 선루프를 옵션으로 추가를
하고 차를 기다렸다. 그 뒤 이 차는 오 년 정도 나의 발이
되어 주었다. 친구들은 내게 차가 얼마나 중요한지 알고
있다. 차엔 산소통이 있어 숨이 차면 의자를 젖히고 산소를
마셨다. 추위를 막아 주고, 더위를 피할 수 있게 해 주었다.
좋아하는 음반과 책이 있는 곳이기도 했다. 어릴 적 나를
보러 오던 친구들을, 이제는 내가 찾아갈 수 있다는 것이
기뻤다.

운전을 시작하면서부터 행동반경이 늘었고 보지 못하던

풍경을 볼 수 있었다. 차를 끌 수 있는 여건이 되는 건
큰 행운이었다. 하지만 생각했다. 차를 끌 수 없었다면
행동반경이 어땠을까.

나는 심장장애 2급의 장애인이다. 모든 장애인이 자가용을
끌고 다니는 것은 아니다. 그렇다면 대중교통은 안전하고
불편함이 없을까.

2016년 말 전국의 시외·고속버스 1만 730대 중 휠체어
장애인을 위한 경사로 시설, 휠체어 전용 좌석 등이 마련된
버스는 단 한 대도 없었다. 많은 장애인분들의 투쟁 덕분에
2019년부터 휠체어 탑승이 가능한 시외·고속버스가
단계적으로 도입된다고 한다.*

---

* 저상버스는 2019년 말 기준 전국 보급률 26.5퍼센트였다. 2021년까지 42퍼센트
도입이 목표다. 장애인 단체 등에서 장거리 이동권 보장을 위한 휠체어 탑승가능
시외·고속버스 도입을 지속적으로 요구했다. 인권위도 도입을 권고하였다.
(2015.4, 2017.7) 장애인단체는 서울역 등에서 집회를 하고, 차별행위 소송을
진행하였다. 네 개 고속버스 노선에서 1일 평균 왕복 1~6회 시범 운행을
했다.(2019.10~2020.말) 금년에는 시외버스를 대상으로 시범 운행을 추진, 계획하고
있다. 여전히 정식으로 운행하는 시외·고속버스는 단 한 대도 없다.

지하철의 경우, 2001년 이후 휠체어 리프트 사고로 다섯
분이 돌아가셨다. 2017년 故한경덕 님이 리프트를 타려다
돌아가시는 사고가 있었다. 이에 2018년, 휠체어를 탄
장애인분들이 지하철에 타고 내리길 반복하는 단체 시위를
했다. 아직 엘리베이터가 없는 지하철역에 휠체어 리프트
대신 엘리베이터를 설치해 달라는 이동권 보장 시위였다.
그러나 뉴스에서 본 모습은 참혹했다. 운행이 십 분 넘게
지연되자 그들을 향해 몇몇 시민들은 신경질적으로 상식
밖의 이야기를 하며 목소리를 높였다.
혹자는 장애인들의 시위에 대해 이런 이야기를 한다. 왜 꼭
이런 방식이어야 하나. 그 질문에 전국장애인차별철폐연대
회장 박경석 님은 말한다.

"꼭 이런 방식이 아닌 방식도 많이 했죠. 법적으로도 했고, 토론도
했고, 요구도 했고, 관심 가져 달라고 페이스북에도 올리고 했죠.
근데 이제 바뀌지 않죠. 싸우니까 변하더라고요. 정치인한테 매달려
봤자 별로 변하지 않더라고요. 우린 이렇게 불편합니다. 체험해
보십시오. 하면 신나게 해도 돌아서면 아무것도 안 되는…… 아무리

설명을 해도 그냥 시혜와 동정으로 그치는 문제, 그 이상의 뭔가를 보지 않는 단순하게 도와주면 되는 문제, 이런 식으로 취급당할 때는 힘들죠. 지하철을 타고 갈 때나 엘리베이터를 타고 갈 때 어떤 할머니가 막 불쌍했는지 머리를 막 쓰다듬어 주기도 하고 소수자의 하나의 민원 정도로 취급당할 때, 휠체어를 타는 장애인과 중증장애인들이 노래방에서 나오는데 굉장히 대견하게 봤는지 천 원을 딱 주더라고요.

절차적인 문제는 절차도 밟고 하지만 변화되지 않는 여러 가지 문제들이 지속적으로 견고하게 있으니 이런 걸 뚫기 위해서 망치로도 두드려 보고 이런 과정일 수밖에 없는 거죠.

누가 더 효율적이냐 누가 더 경쟁력 있냐 그 경쟁과 효율에 맞춰 가는 게 아니라 내 존재 자체가 이 세상에서 있는 그대로 존중받아야 하는 체제가 돼야 된다.

그럼 뭔가가 변화해야 될 지점이 보일 거고 그 변화를 위해서 투쟁은 필요한 거죠."*

---

* 출처: 나 박경석, 개가 아니라 인간이다, 닷페이스

많은 장애인이 죽음으로, 투쟁으로 이뤄 놓은 것들 위에서 살고 있다. 감사하다는 말도 적절치 않고, 죄송하다는 말도 적절치 않다. 적절한 말을 찾기 어렵다. 어떤 시도, 글도, 이런 삶 앞에선 침묵케 한다. 그럼에도 쓰는 이유는, 그들이 이곳에 있다는 것, 우리가 이렇게 있다는 것을 이야기하고 싶어서이다.

「발레」

춤을 추고 싶었다. 무용은 그 어떤 예술보다 나를 크게
흔들었다. 흔들림 속으로 들어가고 싶었다. 안무가 선생님과
무대를 생각하며 연습한 적 있었다. 안무가 선생님이 내
산소통을 메고 움직였다. 나는 산소통에 연결된 호스로
산소를 마시며 움직였다. 잠깐씩 움직이고 오래 숨을 고르는
과정이었다. 그것이 우리의 안무였다.

결론부터 이야기하자면 결국 응급실에 실려 갔다. 마비가
왔고 모든 계획이 사라졌다. 그러나 여전히 춤을 추고 싶다.
그것의 형태가 어떻게 될지 모르겠지만 춤을 추고 싶다.
「발레」라는 제목으로 연작의 시들을 발표하고 있다. 그
시들이 나의 안무 노트다. 아직도 무용을 보면 눈물이 날
것 같다. 구부정하게 굳은 몸이지만, 조금만 움직여도 숨이
차지만, 여전히 움직이고 싶다. 꼭 춤을 출 수 있을 것 같다.

무제

화자와 청자의 경계가 모호한 말이 필요하다면. 그 말은
위로가 되길. 함께 어울리며 함께의 공간이 함께 운동하며
밀려가며 괜찮아지는 것. 뚜렷한 방향보다는 커다란 굴레가
생겨 함께 머무는 것. 괜찮아? 괜찮아. 부호가 필요 없는 곳.
괜찮아

,

이곳에서도 해는 뜨고 새벽은 어김없이 오니까, 똑같이 밥을
먹고 음료수를 마시니까, 아무 생각 없이 이어폰을 끼고
하루 종일 듣고 싶은 음악만 들을 수 있으니까, 의사 간호사
선생님들이 계시니까, 내일 뭐 입을까 걱정 안 해도 되니까,
세 끼 모두 꼬박꼬박 챙겨 먹으니까, 자고 싶은 만큼 맘껏
잘 수 있으니까, 아프면 아프다고 아픈 만큼 얘기할 수 있는
곳이니까,

일요일

친구가 머리를 감겨 주었다. 실은 발도 씻겨 주었다.
생각해 보니 아침에 와서 밥도 해 주고 빨래도 해 주었다.
예배가 끝나고 피터팬제과점에 들려 맛난 빵을 샀다.
포카리스웨트도 함께 샀다. 차에서 빵을 나눠 먹으며 멍청이
같이 웃었다. 선물받은 음반을 들으며 길을 달렸다. 멍청한
게 축복 같았다.

秋分

요즘은 하늘 보는 맛에 사는 것 같아요. 매일 하늘을 주셔서
감사해요.

모스끄바, 내가 곧 갈게

준비한 만큼 되는 일도 있고 꿈꾼 만큼 이루어지는 일도
있다. 하지만 오랫동안 준비한 일이 무너지는 경우도 많다.
다행히 나는 생각지도 못한 귀한 일을 얻은 적이 많다.
사람들 덕분이었다.

오래 꿈꾼 일을 실행에 옮길 것 같다. 누군가에겐 별일이
아닐 수도 있지만 내겐 그렇지 않다. 준비할 수 있는 것들을
모두 하고 있다. 아프지 않고 즐거운 표정만 보일 수 있도록.

두려운 것이 없는 게 아니었다. 의사와 가족을 설득하는 일이
가장 어려웠다. 불안해 하셨지만 간절함에 동의해 주셨다.
나라고 두렵지 않은 게 아니었다. 하지만 내가 그런 모습을
보이면 더 불안해 하실 테니 굳건한 듯 별일 아닌 듯 지내고
있다.

요 며칠 컨디션이 좋지 않았다. 복잡한 시기다. 여러 일을
동시에 진행하고 있다. 몸은 하나니까, 과부하가 걸렸다.
몸과 마음은 붙어 다닌다. 어떤 불안 같은 게 생겼다. 이 일을
준비하며 처음으로.

하지만 누구에게도 말하고 싶지 않았다. 어려운 결정을
내려 준 사람들을 불안케 하는 일이 될 수도 있으니까.

내가 나아가려는 것은 올해가 아니면 안 될 것 같은 예감이 들어서다. 해가 갈수록 몸은 하향세를 탈 텐데 그런 거라면 지금이 가장 건강한 시기라는 생각을 해서이다.

외래에 왔다. 다음 주에도 종종 병원에 와야 한다. 검사 받고 준비 잘 해서 불안을 떨치고 사람들에게 보여 줘야 한다.

기대하는 마음 하나로 준비하고 있다고.

준비가 된 것 같다고.

굼*

흰 나무 사진을 보고 나서였을까. 읽지도 못하는 러시아어
시집을 선물받았을 때부터였을까. 그곳의 첼로 소리를
들은 후였을까. 부르는 것만으로 온통 하얗게 뒤덮이는 땅,
모스끄바.

퇴원 후 회복을 하고, 모스끄바에 가야 할 것 같다고
이야기를 꺼냈다. 가족들은 더 이상 이야기를 들으려
하지도 않았고, 무조건 날 응원하던 친구는 처음으로 나를
말렸다. 가까이에서 지켜본 사람들은 내 몸이 얼마나 추위에
위험한지 알고, 나 또한 어떤 걱정은 사랑으로부터 생긴다는
걸 알기에 이해했다. 그러나 그 두려움이 모스끄바까지
닿을까 조심했다. 나의 모스끄바는 그런 곳이 아니니까.

두 달 정도 준비했다. 산소발생기를 가지고 서울을 떠났다.
꼭 가야겠냐고, 의료인으로서는 막아야 하지만 네 표정을
보니 막지 못하겠다며 항공사 의료팀에 소견서를 써 주신
선생님. 덕분에 항공사에 탑승 승인을 받을 수 있었다.
공항에서 휠체어를 끌어 주던 직원분부터, 기내에서 산소

---

* 굼(ГУМ), 붉은 광장 안에 있는 국립 백화점.

탱크를 설치하고 비행 내내 나의 상태를 확인하며 세심히
신경 써 주신 승무원분들. 덕분에 몸과 영혼은 높이 떠올라
모스끄바에 당도했다.

에스프레소 한 잔을 마시고 오는 것, 그것이 목표였다.
택시에서 내려 붉은 광장에 들어섰다. 굼까지는
100~200미터였다. 누군가에겐 일 분도 안 걸리는
거리겠지만, 그 거리마저 한 번에 걷지 못하고 중간에 있는
기념품 가게에 들어가 숨을 고르고 몸을 녹이고 다시
걸었다. 끝끝내 굼 안에 있는 카페에 앉아 에스프레소를
마셨다.
이 몸으로 지내며, 수많은 불가능의 말을 들었다. 누구도
내가 모스끄바에 있는 걸 상상하지 않았겠지만, 나는
예감했다. 그래서인지 낯설지 않았다. 오래전부터 그곳에
있던 사람처럼 모스끄바에 맺혀 있다가 왔다.

그곳에 다녀온 후, 겨울은 공포나 우울만으로 채워지는
계절이 아니게 되었다. 나 대신 불안에 떨었던 사람들

덕분에, 나와 나의 모스끄바가 안전했는지 모른다.

굼에 앉아 홀로 커피를 마실 때, 녹음기를 테이블에 올려
두었었다. 녹음기 안에 모스끄바가 있다는 것만으로
괜찮아서일까, 녹음기를 켜는 순간 모스끄바의 눈이 녹을
것 같아서일까. 모스끄바에서 돌아온 지 몇 년이 지났지만
아직도 그 소리를 들어 보지 않았다.

선택

버거운 것들이 는다. 천천히 맑은 표정을 덜어 낼 것이다.
맑고 가벼운 것부터 덜어 낼 것이다. 맑고 가벼워서 나중에
덜어 내도 되는데 숨이 가쁘고 아프면 맑고 가벼운 것부터
덜어 내게 된다. 싫어하는 표정과 자세만 남는다.
어떤 노력은 무의미해진다.

어릴 때부터 선택의 기로에 섰다. 내가 감당할 수 없어 그
선택은 가족의 몫이었다. 무엇을 하기 위해선 무엇을 하지
않아야 한다는 것을 온몸으로 느끼며 자랐다. 선택과 다른
수많은 변수를 몸으로 느꼈다. 자꾸 무기력해지는 것은
사소한 일상을 위해 많은 일상을 포기해야 하는 상황에
놓이기 때문이다.

탈고를 하고 가벼운 맘으로 떠나는 여행과 쇼핑이 필요하다.
어디를 갈지 무엇을 살지 그림을 그리고 있다. 그런 상상이
필요하다. 조금은 우습고 느슨하고 호사스러운 하루를
그리는 것.

애정을 담아 해야 하는 일들이 있다. 병원을 나오며 그것들이
먼저 떠올랐다. 몸과 마음이 속도를 맞추길 바라고 있다.
서두르지 않고 낮은 바퀴에 기대어 미끄러질 수 있도록,

그렇게 흘러 도착하는 곳이 미술관이고 극장이고 커다란

몰일 수 있게.

무제

씹을 때 소리 나는 것들이 사람을 외롭게 한다. 넌 혼자
있어라고 누군가 말해 주는 것 같다.

무제

어느 순간 알았다. 친구들의 삶과 나의 삶이 다르다는 걸.
대낮에도, 새벽에도 만날 수 없다는 걸 알았다. 친구들의
삶이 바뀌었다. 나는 그대로다. 그래서 나만 이상한 사람이
되었다. 친구들은 내일을 항상 더 걱정하고 나는 오늘이 더
외롭다.

볕

몸을 비워야 하는데 몸이 자꾸 무겁다. 어떠한 풍경이,
자두나무 같은 말이 몸에서 자라려면 몸을 더 비워야
하는데 여전히 무겁다. 볕이 좋았던 주말. 욕심을 내서 볕을
담은 것 같다.

다인실

맞은 편 아이의 엄마가 운다. 아이를 안고 계속 운다. 불 꺼진
병실이 흐느끼는 소리로 꽉 찬다. 차마 그 소리에 눈을 못
뜨고 자는 척을 하는 사람이 나 말고도 또 있을 것이다.
아이가 숨 쉬는 것과 먹는 것도 힘들어 해요. 아이가
건강해질 수 있도록 아이의 엄마가 불 꺼진 병실에서 몰래
울지 않도록 기도해 주세요.

무제

긴 일기를 쓰고 나면 사람들에게 연락이 온다. 가끔은
아무에게도 연락이 오지 않았으면 좋겠다. 모두 각자의 밤을
견디는 날이 되었으면 좋겠다.

오늘 아침, 이런 문장을 썼다.
'햇볕이 방까지 들어온다. 이 좋은 계절에 외로움을 느끼는
게 죄스럽다.'

다음 주엔 선생님을 찾아뵈어야겠다.

몸과 마음의 건강

연약할 때 화살은 밖으로 뻗어 나간다. 질문은 외부로
외부로 향하게 된다. 굳건할 땐 화살이 내게서 왜 뻗어
나갔나 생각하게 된다. 많은 질문을 스스로에게 한다.
인간은 이기적인 마음을 가지고 태어나는 듯하다. 이타적인
사람이 귀한 이유다. 내게는 그런 사람들이 몇 있다. 그들은
덕이 있고, 품위가 있고, 용감하고 세심하다. 그들이 나와
함께 지냈던 시간들, 나를 위해 기도한 시간으로 쓰인 『6』이
잘 지내고 있나 보다. 『6』은 열 번이 넘는 증쇄를 했다.
친구들이 나를 업고 나와 함께 걷고 짐을 들어 주며 내 삶이
『6』까지 가게 만들었다. 그리고 이제는 독자분들이 함께해
주시고 계시다. 나의 삶엔 여럿의 지분이 있음을 잘 알고
있다.
체력을 기르는 중이다. 몸과 마음의 건강, 계절의 한 겹 한
겹이 얼마나 소중한지 모른다. 조금 더 움직이고 조금 더
인사할 수 있는 계절인 요즘이 좋다. 이틀 동안 150리터의
짐을 버렸다. 파쇄기를 오랫동안 돌렸다. 거의 모든 자필을
파쇄해서 버렸다. 연필을 깎아 정리했고 내일부터 쓸 노트를
정하고 있다.

스스로에게 무수한 질문을 할 때 겸허해질 수 있는 기회를
얻는다. 불편하고 고된 시간이 오기도 할 것이다. 그러나
그것을 해야 한다. 넘어지지 않게 조심히 산책을 하며,
걷다가 힘들면 일단 멈추고.
고마운 사람들의 얼굴을 떠올리며.
은박에 비치는 친구들의 얼굴을 상상하며.

동시를 쓰게 되었어

사는 데 꼭 필요한 요소가 꾸준함인 것 같아. 글 쓰는 근육이
중요하다는 누나의 말이 자주 생각나. 그건 글이 아닌 삶에
더더욱 해당되는 이야기이기도 하니까. 근육은 하루아침에
생기지 않고, 고요함 속에 축적되는 힘이니까.
오랫동안 견디는 삶을 살았어. 많은 힘이 그곳에 쓰였어.
고통을 견디는 것. 나 대신 주변 사람들이 꾸준해졌어. 그
근육으로 나를 업고 나를 들고 나를 위해 뛰었어. 그러나
이제는 그러면 안 돼. 그러기엔 그들의 약해진 얼굴이
보이고, 약해진 근육들이 느껴져. 그럴 순 없어.
홀로 해야 하는 것들의 범위를 늘리려 노력하고 있어.
단순하고 당연한 것들의 범위를 늘리려 하고 있어. 그 누구도
그것을 위해 노력하지 않는 것들을 위해 노력하고 있어.
근래 느낀 공포와 불안은 삶을 꾸리는 데 기본적인
꾸준함이, 그 근육이 영영 갖추어지지 않을까 봐서야. 뭐
하다가 이렇게 시간이 갔는지 모르겠다. 그치. 하지만 형은
살고 있어. 아무도 나한테 무엇을 하라고 하지 않는데,
그래서 더 불안해. 그들을 위해 무엇이라도 하고 싶거든. 꼭.
동시를 쓰게 되었어. 너희에게 보내는 작은 안부야.

북유럽소년

선생님께 많은 선물을 받았다. 선생님은 나를
북유럽소년!이라고 하신다. 아주 먼 미래까지 나는
북유럽소년이고 싶다.

친구

입원한 지 일주일 만에 친구가 생겼다. 아끼는 스티커도
붙여주고 CT 검사가 끝나면 같이 놀자며 데이트 신청까지
받았다. 즐거울 것 없는 곳에서 웃을 수 있어서 다행이다.
삼촌에서 오빠로 호칭이 바뀌었다.
검사가 끝나고 돌아오니 주전자 동요를 부르며 율동을 보여
주는 아이. 내가 힘들까 봐 링거까지 끌어 주는 아이.

☆ ♡

어린이 병동을 다니며 한동안 스티커를 챙겨 다니곤 했다.
간호사 선생님의 명찰에 아이들이 붙여 준 스티커를
자주 본다. 아이들에겐 스티커가 사랑의 표현 방법이다.
감사하게도 내 노트북엔 같은 병실에 있던 아이가 붙여 준 두
개의 스티커가 있다. 은색 별과 파란 하트. 작고 반짝이는 내
부적.

병원 건축

병원 건축은 다만 전문적인 내·외과 진료에 도움이 되기보다는 인간에 관심을 기울여야 한다. 기능상으로 본다면 병원은 병을 고치기 위한 기구(죽이기 위한 기구가 아니기를 바라자)라고도 할 수 있지만 이 점을 드러내 보여서는 안 된다. 벽, 색채, 가구, 직물, 그리고 목재까지도 환자를 편안하게 해 주고, 그리고 그에게 아직 살아 있다는 확신을 주어야 한다.

환자가 퇴원할 때는 감금된 곳에서 빠져나왔다는 느낌보다는 건강을 회복시켜 준 곳에 있었다는 감사함을 느끼게 해야 한다. 그리고 그로 하여금 사랑으로 돌보아 준 간호원을 고마운 마음으로 기억할 수 있게 하고, 그리고 마침내는 건축가 역시 그의 인간적인 안정을 위해 기여했다는 사실을 인식하도록 해야 한다. 건축가 역시 의사인 것이다.

—지오폰티, 『건축예찬』 중*

아이들을 병원에 두고 온 것 같은 기분이 든다. 빛이 잘 드는

---

* 지오폰티 지음, 김원 옮김, 『건축예찬』, 열화당

아름다운 건물 안에 너희가 있으면 얼마나 좋을까. 유행하는 캐릭터 몇 개 그려놓고 웃으라고 이야기하는 그런 곳 말고. 예쁜 환자복을 입고 근사한 병동을 걸으면 어떨까. 중환자실, 무균실을 설계한 사람들에게 저 글을 보내고 싶다. 단 하루라도 그곳에 누워 있는 아이들을 생각했다면 병원은 절대 그렇게 생길 수 없다.

지난주에는 아이를 유리창 밖에서 보고 왔다. 인터폰으로 유리 안에 있는 아이와 이야기를 나눴다. 아이와 인사를 하고 나오는데 미안한 맘이 들었다. 어느 누구도 아이들을 궁금해 하지 않는 것 같았다. 아이의 방이, 병동 전체가 잘 정돈된 서랍 같았다. 어지를 것도 기뻐할 것도 없었다.

너무 늦었지만

새 건물이 생겨서 새 카페가 생겨서 기쁜 건 아니다.
병원에서 일하시는 분들이 정규직이 되고, 간호사 선생님의
옷이 편하게 바뀐 것이 내겐 더 기쁜 일이다. 그것들은
온전히 치료의 영역에 있는 일이다. 너무 늦었지만 바뀌고
있는 것들을 보기도 한다.

하루 다섯 가지 색깔

날이 더 추워지기 전에 몸을 끌어 올려야겠다는
생각뿐이었다. 퇴원 후 이 체력으로는 글도 무엇도 할 수
없다는 생각이 들었다.
선생님은 골고루 먹으라고 하면 와닿지 않는다며, 하루 다섯
가지 색깔의 식재료를 먹으라 하셨다. 콜라와 환타를 끊었고
아침형 인간이 되기 위해 노력 중이다.
지적인 풍경이 순식간에 멀어질 때가 있다. 오직 체력으로
닿을 수 있는 것이 있다. 몸이 아프면 많은 것이 멀어진다.
사라지기도 한다.
책상 위에서의 시간보다 식탁과 침대 위에서의 시간에
충실하려고 노력 중이다. 몸은 갑자기 나빠지긴 하지만
갑자기 좋아지는 일은 드물다. 많은 노력을 기울여야, 많은
것을 감내해야 차츰차츰 평지를 걸을 수 있다.

안녕, 모스끄바

오늘 모스끄바엔 눈이 왔어요. 잠깐 왔다는데 보질
못했어요. 하루 이틀 지나면 코트도 못 입을 만큼 추울
거 같은 느낌이 들어 챙겨 간 코트를 냉큼 입고 나왔어요.
모스끄바에서 꼭 하루 정도는 부츠에 코트를 입고 다니고
싶었거든요. 오늘이 모스끄바에서 멋 부릴 수 있는 마지막
날 같았어요. 아마 내일부턴 점퍼만 입고 다녀야 할 것
같아요.

시차 때문에 여기선 아침형 인간이 되었어요. 이곳은
해가 빨리 지네요. 노을이 금방 사라져요. 낮고 넓은
노을이었는데.

제 꿈은 모스끄바에 오는 거였어요. 홀로 모스끄바의 한
카페에 앉아 커피를 마시는 상상을 하곤 했어요. 결국 오게
되었네요.

전 지금 모스끄바의 한 레스토랑에 들어와 혼자 저녁을
먹었어요. 맞은편에 코트를 걸쳐 두고 커틀릿과 콘파나를
먹었어요. 당근 주스까지 하나 더 시키고 앉아 있어요. 당근
주스를 앞에 두고 코트를 두고 모스끄바를 두고. 그저 조금
더 앉아 있다가 가려고요.

겨울은

두통이 심해서였을까. 꾸지 않던 꿈을 다시 꿔서였을까.
가깝다고 느껴졌던 게 모두 멀게 느껴진다. 무엇도 가만히
있는 나를 구원하지는 못한다. 스스로 결심하지 못하면 어떤
일도 일어나지 않는다. 그러나 겨울은 가만히 겪는 계절.

겨울의 일정

십이월 일정 중 하나가 병원 건너의 마로니에 공원 지하
홀에서 시 낭송을 하는 거예요. 횡단보도 하나를 넘는 일이
참 어렵네요. 느리고 귀여운 속도네요.

이번 입원 기간엔 CPR팀 호출 방송을 네 번 들었어요.
그중 두 번은 제가 있는 병동이었고요. 다행히 저희 병동
아이들은 숨이 돌아왔어요.

우린 많은 일을 시작하고 진행하고 멈춰요. 그럼에도
유일하게 멈추지 않는 일이 숨 쉬는 일이에요. 그 일이
이곳에선 당연하지 않죠. 마지막 수술 후 저 또한
인공심폐기로 숨을 쉬던 순간이 있었으니까요.

오늘은 가을이니까 모든 일을 용서하고 살아 있는 것에
감사하란 이야기가 아니에요. 살아 있는 일이 때로는
정지하는 일보다 괴로운 사람이 많은 걸 아니까요.

시간이 가고 있어요. 그저 시간이 가고 있다고 이야기하고
싶었어요. 시간은 분명 얼음 틀에 부어 둔 물이 아니겠지만,
네모난 고체처럼 잡히는 건 아니겠지만 하나씩 깨어 먹으며
증발시키고 있잖아요.

신의 섭리를 어느 순간 믿기 어려워졌어요. 고통 속에 있는

사람들에게 빛을 얘기하는 사람들이 불편하기도 했어요.
저를 위해 특정 신에게 하는 기도를 사양하고 싶기도
했어요. 이 모든 게 신의 섭리라면, 이 병동의 아이들과
보호자의 얼굴을 보며 말해 주세요. 더 나아질 거라고.
따뜻한 방에서 따뜻한 마음으로 누군가를 따뜻하게 하려는
게 제가 믿는 신의 가르침은 아니었죠. 적어도 제가 믿는
신은 엉망인 몰골로 맨발로 언덕을 오른 분이셨죠. 넥타이를
멀끔하게 매고 다니는 전도사나 목사의 것이 아니죠. 주일이
되면 새옷을 입는 신도도 아니죠.
신은 일요일에 오지 않았어요. 다른 날들에 더 빛나야 해요.
예배당 밖에서 더 빛나야 하죠. 세 번째 타투를 곧 해요.
왼손엔 제 다른 다짐을 새길 거예요. 정말로 신의 섭리가
선한 것이라면, 오른손에 있는 타투와 맞부딪칠 때 올곧은
소리가 나겠죠.
저는 기도보다 마음이란 말이 더 좋아요. 기도는 직선적인데
마음은 곡선 같아요. 찌르지 않고 스미는 범위의 것들에
눈이 가고 발이 가요.
십이월 사람들 앞에서 전 어떤 시를 읽고 있을까요. 그저

당신의 옆집쯤 산다는 마음을 전하고 있지 않을까요.
거짓말처럼 예쁘게 낭송하지 않았으면 좋겠어요. 미워한
사람들을 용서하지 않아요. 그저 안 보이는 곳에서 잘
지내기를 바랄 뿐이에요. 엉망이었던 일에 후회하지도
않는다는 말도 거짓말이에요. 전 자주 심호흡을 하고
수면제를 먹어요.

마음 내키는 대로 하는 선행 같지 않길 바라요. 그런 기도는
스스로만을 위한 것일 때가 있으니까요. 선한 일은 섣불리
저지르는 게 아니죠. 주었다가 다시 빼앗는 일이 아니죠.
미약하게라도 천천히 선을 잇는 일이죠.

마음 옆엔 마음 있어요. 근데 기도 옆은 가끔 공허뿐이에요.
링거를 꽂은 제 식판을 대신 반납해 주신 간호사 선생님이나
다른 보호자분, 제가 입원한 걸 알고 얼굴을 보러 병실에
올라온 아이에게 숨이란 말이 더 소중하게 붙어 있네요.

종교는 없지만 신앙은 있다는 형의 말이 떠올라요. 특정 신을
믿진 않지만 그 어떤 것이 있음을 믿는다는 말. 저는 그 말이
마음의 다른 말 아닐까 생각해요.

시와 편지와 기도

어떤 감각은 아득해진다. 며칠 전과 몇 달 전과 몇 년 전이
그리 다르게 느껴지지 않을 때가 있다. 저녁을 먹으러 채소를
써는데 그 소리가 크게 느껴져 손을 씻고 식탁 의자에 앉아
있었다. 시간도 그렇지만 사람에게 느끼는 거리감도 그렇다.
떠오르는 사람들이 종종 생기고 가끔은 영영 못 볼 것 같은
기분이 들다가도 너무 가까이에 있는 것 같은 기분이 들기도
한다.

응급실에 함께 가 준 친구와 퇴근 후 보조 침대에 앉아
함께 저녁을 먹은 친구를 생각했다. 우린 그런 거리에 있다.
나는 침대에 누워 있고 친구들은 의자에 앉아 있었다. 어떤
마음은 과분하다. 과분한 것들이 나를 생활하게 했다. 먹게
했고 잠들게 했고 농담하게 했고 쓰게 했다. 글을 쓰기 전
편지를 쓰거나 성서를 필사하곤 했었다. 부치지 않는 편지가
대부분이었지만 종종 보내기도 했다. 시와 편지와 기도가
다른 말처럼 느껴지지 않는다. 이번 겨울엔 많은 편지를 쓸
생각이다. 붙이지 않더라도 적어 둘 거다. 아득해지지 않게.
거긴 어때 여긴 또 겨울이 왔어,로 시작하는 그런 편지.

무제

진심을 다해야 하는 것이 있고 멈추지 않고 공부해야만 하는 것이 있다. 시간은 제한적이지만 그런 곳에 차곡차곡 쓸 수 있다면.

시인

나를 시인이라고 소개하는 게 멋쩍다. 내게 시인은 이상적인
존재였다. 프랑시스 잠과 릴케와 같이 응원하는 인격을
가진, 기도하는 활자를 가지고 있는 사람을 시인이라 칭하고
싶었다. 어제는 많은 시인들을 만났다. 그분들 모두가 나를
시인으로 생각할 거라고 믿지 않는다. 그들에게도 시인은
아주 멀고 반짝이는 존재일 것이다. 어쩌면 나는 정말
시인이 되기 위해 여전히 걷는 사람일 수도 있다. 시집을
읽고 나서부터 아주 먼 곳에 있는 사람까지 사랑할 수 있게
되었다. 자주 울컥하고 자주 기쁘다.

무제

아픈 몸을 갖고도 기죽지 않고 지냈던 건 온전히 친구들
덕분이다. 친구들은 나의 발이고 나의 손이었다. 소풍을
가는 날이면 집으로 날 데리러 왔었고 학교에선 매점에 가
대신 빵이나 음료수를 사다 주기도 했다. 엄마는 아팠던 내가
불안하면서도 친구들과 함께 무엇을 한다거나 어디를 간다고
하면 허락해 주셨다. 친구들은 나를 힘들게 하지 않았다.
눈치 보게 하지도 않았다. 부탁하기 전에 먼저 배려해 주고
행동해 준 친구들이었다.

지난주엔 이사를 했다. 한 친구는 전날 와서 짐을 싸 주고
다른 친구는 다음 날 와서 짐을 옮기고 풀어 줬다. 어제도
친구는 우리 집에 와서 함께 장을 보고 짐을 들어 주었다.
덕분에 무거워서 사지 못했던 것들도 살 수 있었다. 쓰레기를
정리하고 분리수거를 해 주고 갔다. 가면서도 더 할 거
없냐고 나 있을 때 할 거 다 시키라며.

천국에선 친구들을 업고 뜀박질을 할 거다. 친구들이 등
뒤에 업혀 꿀밤을 때려도 멍청하게 웃을 거다.

친구가 왔다 가면 방이 환하다. 친구가 두고 간 빛으로
일주일을 지낼 걸 안다.

크루아상

사혈을 하고 크루아상을 먹었다. 피의 빈자리를 크루아상이
채워 줄 거 같았다.
수치가 기분을 만들 때도 있지만 수치로 설명되지 않는 것
또한 있다.
입원을 하면 이런 생각을 한다. 체력을 만들어 나가자. 다음
병원에 올 때까지의 체력을.
더 긴 체력을.

무제

얼마 전 『걷기예찬』이란 책을 샀다. 오래전부터 머릿속에
넣어 둔 책인데 얼마 전에야 샀다. 좀 전에 몇 페이지를
넘겼는데 뭔가 벌써 마음이 이상하다. 나의 걷기는 고통 속
감사함이었다. 수술을 받고 회복 과정에서 엄마의 부축을
받으며 걷던 기억과 회복된 몸으로 일본에서 미술관과
박물관 앞을 씩씩하고 나직하게 걸었던 기억이 크다. 일본에
가기 전 엄마랑 올림픽공원을 자주 걸었던 기억이 난다.
걷는다는 것만으로 엄마와 나는 자주 울먹거렸었다.
가끔 약속 장소에 땀을 흘리며 들어오는 친구들이 있다. 난
그들이 자리에 앉아 시원한 커피나 음료를 시키는 것만 봐도
기쁘다. 열심히 걸어 나를 만나러 왔다는 것만으로 감사하다.
나 대신 걸음을 옮기는 사람들 덕분에 나는 길을 걷지
않고도 갇히지 않았다. 자신의 발 위에 나를 얹고 걸었던
사람들 덕분에 이미 많은 길을 걸은 기분이다.

메스로 쓴 시

선생님 전 여전히 살아 있어요. 서른이 되어서도 여전히 살아
있어요. 죽을 줄 알았던 아이가 파란 입술을 가지고 여전히
꾸역꾸역 살아 있어요. 수술실에서, 병실에서 저와 함께해
주셔서 감사해요.

병동 앞 카페에 앉아 검사 결과를 기다리며, 시집에
소아흉부외과 교수님과 소아청소년과 교수님들의 이름을
적는다. 그들이 내 몸에 메스로 쓴 시 덕분에 십 대도 이십
대도 삼십 대도 있을 수 있었다.

가을 햇볕이 좋다. 입원해 있을 때 환자복을 입고 가끔 이
카페에 와 일기도 쓰고 음악도 들었는데, 오늘은 좋아하는
스니커즈와 청바지를 입고 왔다. 카페라테도 그때보다
백배는 맛있다. 햇볕도 슬프지 않다.

3부

어떤 날

내가 믿는 것들을 너도 함께 믿어 줄 거란 마음이 날 살게
해. 오늘은 나뭇잎이 천천히 흔들렸고 스웨덴의 한 포크
가수의 목소리가 날 평온케 했어. 돌아오는 길 크레인 뒤로
노을이 지고 있었고.
식탁 위의 동화책과 밤
책상 위 올빼미
거기까지만 기억하려고.
다른 것들을 기억하기엔 이젠 좀 지친 것 같아.

친절

친절하고 싶지 않다. 슬프고 싶지 않다. 가끔 이 두 문장은
붙어 다닌다. 이 두 문장이 붙어 다닐 땐 영혼이 앙상하다.
보내야 할 원고를 뽑아 놓고 며칠 동안 읽고 있다. 나의
직업은 외출이 끝나면 다시 방에 돌아와 호흡을 가다듬는
일이다. 완전한 근무도, 완전한 휴가도 없다.

정해지지 않은 시간 때문에 나 또한 답답할 때가 많다. 한 번
기운을 내면 더 길게 쉬어야 하는 것.

누구도 조언할 수 없는 영역의 것들이 있다. 그 영역 안에서
할 수 있는 것은 감각을 예민하게 한 후 기다리는 것.

기다리는 것. 기다리는 것.

바다에 갔을 때 형과 친구가 바다에 수영을 하러 갔다. 그
시간 동안 바다가 보이는 카페에 앉아 음악을 들었다. 그때
찍은 사진을 보고 있다.

자정이 넘어 메시지를 확인할 때가 있다. 늦어 답장을 못
할 때가 많다. 일어나 답장을 할 수 있을까. 잊지 않을 수
있을까. 자주 놓친다.

앞에 바다가 있으면 좋겠고, 잠깐 수영을 나간 형과 친구가
돌아오고 있으면 좋겠다. 그럼 이런 새벽도 거뜬할 텐데.

poet

사랑하는 엄마, 내일은 친척 형의 결혼식이야. 낮에 청첩장을
찍어서 메시지로 보내던 엄마. 전화를 해 늦지 말고 오라고
신신당부하던 엄마. 우린 내일 만나겠네?

형은 대기업에 취직해 자리를 잡았고 형수님이 되실
분은 공무원이라며. 어느 결혼식에서나 볼 수 있듯 모든
어른들이 자식 자랑에 한껏 열을 올릴 텐데 걱정이야. 남의
집 자식들의 취직이나 혼사를 왜 그렇게들 걱정하시는지
모르겠어. 분명 어른들은 좋은 직장을 잡고 멀끔한
정장을 입은 사람들을 자랑스러워하시겠지? 때가 되면
좋은 배우자를 만나 결혼하는 사람들을 자랑스럽게
생각하시겠지? 어느 곳에도 포함되지 않아 걱정이야
엄마. 여전히 슈트가 어울리지 않고 직장도 없어. 시인은
전문직은 맞지만 정규직은 아니라는 농담이 생각나네.
괜히 억하심정에 후드티를 입고 농구화를 신고 가고 싶지만
예의를 차려야겠지?

엄마, 나는 옷에 영혼이 있다고 믿어. 만날 사람이 기어코

만나듯 물건도 주인을 꼭 만난다고 생각해. 아무리 비싸도
영혼이 없는 물건은 금세 값어치가 없어지더라고. 그리고
이사를 하고 나서야 알아. 그 옷이 어디 갔지? 반면 영혼이
있는 옷들은 직접 박스 안에 넣기 때문에 잃어버릴 일도
없어. 박스가 흔들려도 영혼이 멍들지 않게 차곡차곡 넣거든.

나는 내가 시인이라는 사실이 아직도 어색해. 시인이란 말은
명치에 맺히는 말이니까. 시인은 시를 쓰는 사람이지 말하는
사람이 아니니까.
낯선 사람들 앞에서 누군가 나를 시인이라 소개할 때 내가
얼마나 난처할 정도로 뻣뻣해지는지 가까운 사람들은 알
거야.
그런데 몇 년 전 일본에 처음에 갔을 때, 나는 스스로를
시인이라 말했어. 지하철역에서 길을 헤매고 있을 때 한
일본인이 와서 도와준 일이 있었어. 가는 길이 같아 나란히
앉아 이야기를 나눴어. 그가 자신을 기자라 소개했을 때
나는 나도 모르게 손가락으로 스스로를 가르키며 포엣!
포엣!이라고 했어. 낯선 타국에서 나를 설명할 길이 포엣

포엣뿐인 걸 그제야 깨달았던 거야.

그는 포에또? 하며 신기한 표정을 했어. 자신이 생각한
시인의 모습과 달랐을 수도 있고 너무 어려 보여서 그랬던
것 같기도 해. 시인은 뭔가 중후한 멋이 있는 사람이라고
생각하는 사람이 많으니까.

모자는 또 다른 표정. 그날 어떤 모자를 썼느냐에 따라 챙
밑의 표정이 정해지는 것 같아. 긴 챙의 모자를 쓴 날은
깊숙이 숨고 싶고, 니트로 짜인 모자를 쓰면 장난꾸러기가
되는 것 같아. 모자로 인해 낯빛이 정해져.
여전히 볼캡과 버킷해트를 좋아하지만 머리에 닿는 느낌
때문인지 페도라나 니트 비니를 좋아하기도 해. 피부 위에 붕
뜨는 느낌보다 감기는 모자들이 좋을 때가 있잖아.

좋아하는 편집숍이 있어 둘러보던 중 페도라 하나를
발견했어. 거의 백 년의 역사를 가진 모자 브랜드야.
디자인과 제조까지 한 국가에서 마친 제품이라 더욱 좋았던
것 같아. 여전히 그곳엔 모자를 짓는 장인들이 있는 것

같았거든. 그런 분들이 영혼이 깃든 물건을 만들어 내는 걸 아니까, 제조와 디자인이 달라 방황하다가 사라지는 물건의 영혼이 많은 걸 아니까.

잔고가 걱정되지 않더라고. 그 모자는 내가 가진 모자 중 제일 비싼 모자가 되었어. 나는 그저 어서 포장해 달라고 해서 집에 와 거울 앞에서 웃어 본 것 같아. 엄마가 들으면 잔소리할 가격이었지만 어쩔 수 없었어. 엄마 이 모자는 정말 영혼이 있어.

poet. 이 말을 찾은 건 한참 모자를 쓰고 다니다가였어. 모자 안에 poet이라고 쓰여 있는 걸 나는 왜 몰랐을까. 모르고 산 그 페도라에 왜 시인이라는 말이 쓰여 있었을까. 그 모자는 기어코 나를 찾아와 poet이라고 말해 주고 싶었던 것 같아. "너는 시인이야 작은 소년. 그러니까 어깨 펴"라고.

여행 때 필수적으로 가져 다니는 모자가 되었어. 이 모자의 소개는, 방랑자들을 위한 여행 아이템이야. travel items for vagabond.

보통 페도라는 챙의 각이 중요해 함부로 다룰 수 없는데
이 모자는 아니야. 함부로 다룬다는 말은 아니지만 어느
곳에도 함께 갈 수 있어. 이 모자는 챙이 자유롭게 접히는
모자야. 반으로 접어 돌돌 말면 전용 케이스에 들어가.
다시 케이스에서 빼면 원상태 그대로 펴지는 모자야. 보통
페도라는 부피를 많이 차지하기도 하고 모자의 형태가
어그러질까 봐 함부로 캐리어 안에 담지 못하곤 하는데 이
모자는 아니야. 작게 말아 캐리어의 남는 부분에 넣으면
끝이야. 100퍼센트 울이라 머리에 오랜 시간 닿아도
불편하지 않아. 페도라 치고 얇은 편이라 사계절 내내 써도
무방한 모자야. 울이라고 더울 땐 못 할 것 같지만 덥지도,
땀이 나도 전혀 불쾌해지지 않아. 이 모자는 방수가 되거든.
정말 방랑자들을 위한 모자지?

모자를 잘 쓰고 다닐수록 모자를 만든 회사에 고맙더라고.
백 년 가까이 방랑자들을 잊지 않아서, 아직도 시인이란
말을 버리지 않아서. 시인은 백 년 전에도 훨씬 그 이전에도
있었고 방랑자는 더더욱 그랬을 텐데 우린 어느새 그 말들을

잊어가고 있잖아. 모두 시적으로 살고 방랑하고 있음에도
불구하고 말이야.

어느 순간 사람들로부터 도망친 방랑자가 된 기분이야.
어디에도 정착할 수 없겠구나 느낄 때가 많아. 그래도 엄마.
난 참 자유로워. 대낮 텅 빈 영화관에서 영화를 보는 기쁨을,
대낮에 미술관 앞에서 페도라를 쓰고 선글라스를 쓰고
멍하니 있는 기쁨을 사람들은 잘 모를 거야. 일 년마다 집을
옮겨 다녀도, 어른들이 벌이와 결혼에 대해 물어봐도 나는
참 자유로워. 나는 충분히 방랑하고 있어.

열심히 살고 있어. 남의 돈 빼앗으며 살지 않고 성실히
가난하게 살고 있어. 그렇지만 돈이 모이면 종종 스테이크도
먹고 좋은 커피도 마시면서 그렇게 행복하게 살고 있어.
스스로 안 부끄러우려고 노력 중이야. 엄마도 나를
부끄러워하지 마. 난 포엣 포엣. 시인이야. 엄마가 낳은 시인.
엄마가 낳은 어여쁜 부랑자.
모자 안쪽 poet이란 글씨를 생각하며 의젓한 얼굴로 갈게.

곧 만나 엄마. 오늘은 꼭, 친척들에게 나를 시인이라고
소개해 줘.

긴 별자리

지면을 통해 반갑게 인사할 수 있는 축복이 생기지 않았나.
어디선가 이 새벽을 견디고 있을 선배 동료 작가를 생각한다.
세상 모든 별을 시인과 소설가가 만든 건 아닐 테지만,
새벽만 되면 왜 그들은 온통 반짝일 거라 생각할까.

겨울이 오기 전엔 약속을 빼곡히 잡고

여름이 가지 않길 기도한다. 여름은 지치는 계절이지만
겨울처럼 아프거나 두렵진 않다. 겨울이 되면 외출을 할
때마다 긴장을 한다. 방한 제품으로 무장을 하고 실내로만
다니게 된다.

겨울이 되면 입술이 더 파래질 거고, 불현듯 응급실을
가거나 입원을 하게 될 거다. 시간이 부족하다는 생각이
들기도 할 거다.

행복했으면 좋겠다. 그저 불행하지 않고 불행을 끼치지 않고
살았으면 좋겠다. 어제오늘은 날씨가 가을 같다. 앞으로 날이
추워질 거라는 걸 감각하니 마음이 가라앉는다.

일주일 동안 많은 사람들을 만났다. 그리고 돌아오는 주도
약속을 미루지 않고 잡았다. 더 추워지기 전 밥 한 끼 커피
한 잔을 더 하기 위해, 덜 파랗고 덜 우울한 얼굴로 인사하기
위해.

열심히

열심히라는 말을 좋아하지 않아요. 열심히라는 말 때문에 잠을 잃고 건강을 잃고 사람을 잃은 것 같아요.

모든 게 잠깐 멈췄으면 좋겠어요.

하고 싶은 일보다 끝내야 하는 일이 늘어나는 기분이에요.

나의 하루는 어리석고 작은 주먹 같아요. 쥐었다 펴도 한 뼘이에요.

우리의 일상이 잠시 겹쳐지는 순간이 오겠죠. 당신들의 소식이 들려오면 다행이란 생각이 들어요.

무제

날이 더 따뜻해지면 산책을 오래 할 거야. 아침마다
이어폰을 끼고 올림픽공원을 걸었던 그때처럼. 정장을 입고
공원을 가로질러 출근하던 분들은 아직도 있을까. 그렇게
부지런하고 근사한 어른이 되고 싶었는데.

파도

중학교 1, 2, 3학년 모두 같은 반이었던 친구가 있다. 학창
시절 내내 참 좋아하던 친구다. 말하지 않아도 서로를
잘 아는 그런 친구다. 근래 친구에게 걱정되는 일이
생겨 남다르게 마음이 쓰였다. 쉽게 안부를 묻지 못하는
날들이었다.

오늘은 친구에게 메시지가 왔다. 근처 미술관에 다녀왔는데
같이 가고 싶다고, 기운이 너무 좋다고, 전시에서 본 작품을
찍어 보냈다. 메시지를 보고 놀라고 웃음이 났다.

한참 힘들 때 봤던 전시가 있다. 김현정 작가의 개인전이었다.
검은 물결만 그린 전시회였다. 주로 검은 파도가 그려진
작품들이었다. 당시 잘 꾸지 않던 악몽을 꿨었다. 현실처럼
무서웠다. 깨서도 한참이 무서웠다. 그때 김현정 작가의
작품을 보았다.

당시 그리 넉넉지 않았다. 그래서 제일 작은 파도 그림의
작품 가격을 물었다. 그 그림은 시집을 옆으로 눕혀 둔
정도의 크기였다. 작품 가격은 두 계절 정도 쉬지 않고 시를
쓰면 받을 수 있는 원고료 정도였다. 그럼에도 꼭 그림을
갖고 싶었던 것은, 그 검은 파도가 침대맡에 있는 상상을

해서였다.

검은 파도가 머리맡에 있으면 악몽을 꾸지 않을 것 같았다. 그 파도가 꿈을 잔잔하게 해 줄 것 같아서, 다시 스스로의 삶 속으로 헤엄쳐 나갈 수 있게 해 줄 것 같아서였다.

안타깝게도 그 그림은 문의할 땐 이미 다른 사람에게 간 후였다. 영혼이 있는 그림이니까 귀하게 바라봐 줄 주인에게 갔겠지 생각하면서도 아쉬웠다. 대신 전시 때 받은 리플릿을 현관에 붙여 놓았다. 이사를 할 때까지 그림을 떼지 않았다. 앞으로 내게 그토록 특별한 그림은 쉽게 나타나지 못할 거다. 친구가 우연히 본 전시는 김현정 작가의 검은 파도가 있는 전시였고, 그때의 나처럼 파도들 앞에서 물결치다 왔나 보다. 그리 생각하니 마음이 놓였다. 그 그림들의 좋은 기운을 아니까. 친구도 파도 앞에서 잔잔해지지 않았을까. 우린 모두 검은 파도에 빚을 졌다. *

---

* 시간이 지나 두 번째 시집 『아네모네』를 냈다. 김현정 작가가 흔쾌히 허락해 주어 『아네모네』의 표지는 〈파도 Waves〉가 되었다. 많은 독자들이 머리맡에 파도를 두고, 나쁜 꿈을 꾸지 않길 바랐다. 나와 내 친구의 악몽을 거대한 파도가 휩쓸어 갔듯.

구월

낮잠을 자면 안 됐던 것 같아. 커피도 한 잔만 마셔야 했던
것 같아. 커튼을 열지 않고 하루를 보냈어. 소파에 앉아 쿠키
반 통을 먹었어.

아침엔 아메리카노를 마셨고 저녁엔 카페오레를 마셨어.
겨우 아침형 인간이 되나 싶었는데 다시 취침 시간이 뒤로
밀리네.

구월엔 짧은 편지를 많이 쓸 거 같아. 근데 참 이상하지. 이미
편지를 모두 쓴 기분이야. 아마 머릿속에서 몇 번이나 고쳐
쓴 말들이어서 그런가 봐.

모두 건강했으면 좋겠어. 정말이야. 언젠가 어딘가가
아프겠지만 다시 회복할 수 있는 힘이 있으면 좋겠어.
포크 안으로 들어오는 뇨끼와 한두 장씩 모으는 엘피, 읽기
전에 여러 번 만져 보는 동화책. 이런 게 체력이 되고 있어.
곧 보자는 말을 너무 많이 나눈 건 아닌가 생각이 들지만,
이렇게 또 하게 되네. 곧 만나 우리.

에스프레소

원두를 사러 갈 땐 에스프레소를 마신다. 잠깐 앉아
에스프레소를 마시고 온다. 각설탕을 넣고 티스푼을 몇 번
저으면 마음이 정갈해진다. 작은 잔 안에서 그리는 원이 많은
시간을 그렇게 해 준다.

일력

첫 끼를 먹다가 해가 지는 걸 볼 때가 있다. 요일을 알고
놀랄 때가 있고, 날짜를 알고 놀랄 때가 있다. 출퇴근 없이
사는 것이 익숙해졌고, 책상에 앉는 것은 그날의 체력에
따라 변한다. 좋게 말하면 유동적인 생활을 하고 있다.
나쁘게 말하면 나태하고 변명거리 많은 생활을 하고 있다.
적어도 오늘이 며칠인지는 알아야 할 거 같아 얼마 전부터
전자시계를 차고 다닌다. 시계엔 오늘이 며칠인지 숫자로
표시되어 있다. 올해는 달력 대신 일력을 쓰기로 했다.
하루가 모여 한 달이 되는 걸 자주 잊는다.

다녀왔어요

병원에 다녀왔다. 러시아는 잘 다녀왔냐고 묻는 선생님께,
러시아에서 산 음반과 엽서와 초콜릿을 드릴 수 있어서
감사했다.
사람들이 생각한 만큼 많은 곳에 가지 못하고 많은 것을
보지 못했을 수도 있다. 하지만 애초에 그런 걸 원한 건
아니다. 그저 모스끄바의 고즈넉한 카페에 앉아 혼자 커피를
마시는 걸 꿈꿨다. 느긋하게 미술관을 걷는 걸 꿈꾸었다.
그리고 모스크바에 내리는 눈, 눈, 눈을 보고 싶지 않았는가.
어떤 날은 숙소에서 나가지도 않고 창밖의 눈을 보는 게
전부였던 날도 있었다.
모스끄바에 두고 와야 할 것들도 있었다. 다행히 얇게 쌓인
눈 어디에 그것들을 두고 왔다. 나의 모스끄바.
지금 그곳엔 더 많은 눈이 오고 있겠지.
더 큰 모스끄바를 꿈꿀 수 있게 해 주어서, 그 꿈을 꿈으로
두지 않게 함께해 주어서, 그 꿈을 안전하게 함께해 준
Мария에게 오래오래 감사하다.

140

무제

1년 동안의 의무기록을 떼었다.

두껍고 쓸모없어진다.

COS에서 만나

많은 약속을 몰에서 잡는다. 몰에 갈 때마다 습관처럼
들르는 매장이 있다. 자연스레 만남의 장소로 그 매장의
이름을 이야기한다. 조금 일찍 도착한 날이면 코스에서 옷을
본다. 그러면 시간이 착실하게 간다. 또한 상대방이 먼저
도착했을 때도 미안한 마음이 덜 생긴다. 코스에서 옷을
보고 있으라고 말한다. 다행히 여성복도 남성복도 훌륭한
곳이다.

어떤 매장은 눈이 아프다. 어떤 매장은 발이 아프다. 조명과
불필요한 장치들이 많다. 그러나 코스는 천천히 걸음을
옮기기에 적합한 매장이다. 미묘한 톤과 텍스처를 잡아내는
곳이다. 전시를 보듯 천천히 움직이면 된다. 그리고 몇몇
제품은 만져 본다. 소재가 주는 뉘앙스를 옷에 잘 녹여 내는
브랜드이다. 어떤 소재가 어떤 형태를 낼 때 효과적인지 어떤
소재가 어떤 색과 어우러질 때 빛을 발하는지 느낀다.

코스의 옷은 무채색이 많다. 무채색은 흰색, 회색,
검은색만이 있는 것이 아니다. 코스는 무수한 톤의 무채색을
만드는 중이다.

기성복이 어깨선에 맞지 않을 때가 많다. 코스는 마른 내

몸에 딱 맞는 사이즈를 가진 브랜드이기도 하다.

코스는 H&M의 프리미엄 브랜드이다.

H&M이 SPA 브랜드의 대명사가 되며 무수한 인기를 끌었다.

H&M은 합리적이고 빠르게 신제품을 쏟아 내는 브랜드다.

그러던 어느 날 H&M은 코스란 브랜드를 론칭한다. 코스는

론칭과 함께 사랑을 받았다. 많진 않지만 우리나라엔 몇

개의 매장이 있다. 그리고 그 매장이 있는 몰이 나의 약속

장소다.

코스를 사랑하는 이유는 소재와 디자인이다. 그들의 옷은

미니멀하면서도 한 곳의 포인트에 주목한다. 심심하게 보일

수 있는 모노톤의 옷들이 포인트가 되는 디자인들이다.

이십 대가 많은 욕심으로부터 자유롭지 못하고 미숙했다면

삼십 대는 그것들을 깨닫고 버리는 시기다. 멋은 부리는 게

아니라는 생각. 멋은 번져 나아가는 것. 멋이 없으면 그것을

다른 것으로 뒤덮을 생각을 하는 것이 아닌, 과감히 덜어

내는 것. 그것이 무엇보다 용감한 착장임을 느낀다. 화려한

옷들을 정리하고 있다. 과장된 모습을 정리하고 있다.

어울리지 않는 옷과 액세서리들을 박스로 옮긴다. 이물감이

들게 하는 사람, 이물감이 들게 하는 물건은 이로운 적이
없었다.

물건의 가치는 쓰는 사람이 만든다는 말. 터틀넥, 청바지에
볼캡을 쓰고 점퍼를 걸치고 나와 원고를 쓰고 있다. 몸을
따뜻하게 만드는 것은, 얇은 터틀넥이다. 억지로 웃던 이십
대의 옷들이 이제 불편하다.

코스는 브랜드를 겉에 새기지 않는다. 그래서 옷에 관심이
없는 사람들은 코스의 옷인지 잘 알지 못할 수도 있다.
하지만 코스를 사랑하는 사람들은 바로 코스의 옷임을 안다.
시간이 되면 코스의 매장을 천천히 둘러보길 바란다.
SPA브랜드 특성상 점원이 먼저 옷을 권하지도 않으니,
천천히, 이어폰을 끼고 미술관을 걷듯, 니트를 만져 보고,
거울 앞에서 옷과 몸을 겹쳐 보고, 그중 한두 개의 옷은
탈의실에서 입어 보며, 지금 나의 마음과 가장 이물감 들지
않는 옷을 고르길 바라 본다.

93.1

차를 서비스센터에 맡기니 시간이 비었다. 오랜만에 택시를
탔다. 기사 할아버지께서 클래식 라디오 채널을 듣고 계셨다.
조용히 운전을 하시다 귀여운 사탕 같은 걸 드시면서
나한테도 하나 먹으라며 권하셨다. 감사하다고 이야기를
하며 클래식 좋아하시나 봐요, 여쭸다.
좋아한다고, 나한테도 클래식 좋아하냐고 물어보셨다.
친구가 첼리스트라 뒤늦게 좋아하기 시작했다고 했다.
기사님은 이런 이야기를 하셨다. 클래식을 들으며 지나가는
바깥 풍경을 보는 게 참 좋다고.
목적지가 가까워 더 이야기 못 하고 내린 게 아쉬웠다.
차분하게 이야기를 하시는 기사님 목소리가 음악의 리듬과
다르지 않았다.

투고

등단 전 이야기가 나왔다. 그 계절이 왔나 보다. 우체국을
생각하면 괜히 찡한 계절 말이다. 일 년이 끝나고 있나 보다.
등단을 하고 첫 번째로 반성한 일은, 등단 전보다 긴장이
풀린 문장을 발견했을 때였다. 등단 전, 불확실성 앞에서도
두렵지만 꿋꿋하게 발을 떼려 했다. 그 시기엔 온 감각이
열려 있는 것 같았다.

첫 시집이 나오고 다시 걸음을 뗄 때, 나는 습작생과 다르지
않음을 느꼈다. 시집에서 털 것을 털었으니 다시 처음부터
발을 떼는 법을 배워야 할 것 같았다. 두 번째 시집을
준비하는데 모든 게 처음 같았다.
바쁘다는 이유로, 피곤하다는 이유로, 감정적인 이유로, 시를
쓰는 시간을 확보하지 못한 게 제일 바보 같았다. 미술관을
가지 못하고 무용 예매를 미룬 게 멍청했다. 미술관 앞
카페에 앉아 유리 밖 사람들을 보며 괜히 울컥하는 시간을
미룬 게 어리석었다.

동료 작가와 문학 이야기를 나눴다. 그런 이야기를 하려고

만난 건 아니었지만 어찌하다 보니 그렇게 되었다. 귀갓길에 시를 쓰고 싶었다. 마감이 없는 시를 쓰고 싶었다.

작가는 작품으로 이야기하는 사람, 그 당연한 의무를 잊으면 안 된다. 면도를 잊고, 끼니를 대충 때우게 되는 시간들이 온 것일까. 머그 안 커피와 새벽을 함께할 차례가 온 걸까.

부럽지도 부끄럽지도 않게

이제 꽃을 사지 않는다. 꽃을 사지 않은 지 꽤 된 듯하다.
꽃을 사는 일은 원고료로 할 수 있는 가장 값진 일이었다.
많은 꽃을 타인에게, 스스로에게 선물했다. 풍성한 꽃 한
다발은 내 시 한 편의 고료 정도이다. 시를 꽃으로 바꾸는
일, 그것이 시인이 하는 일이라 믿어왔다.

지난 반년, 병원비가 천만 원 정도 나왔다. 희귀 난치병이
적용되어 많은 의료보험을 받고도 말이다. 여기서 더 이상
나의 불행을 나열할 필요는 없다. 인간은 꽃만으로 살 수
없다.

작가로서 벌 수 있는 돈은 원고료와 인세 정도이다. 인세는
대체로 책값의 10퍼센트로 통일되어 있다. 시집의 가격이
다른 서적에 비해 싸기 때문에 그 어떤 장르의 작가보다
인세를 적게 받는다. 또한 책을 계약할 때 받는 계약금이
있다. 계약금은 통상적으로 100만 원 정도이다. 그리고
재수록료가 있다. 재수록료를 정당히 지불하는 곳도 많지만
지불하지 않는 곳도 많아 오히려 감사한 마음이 들기도
한다. 재단의 지원금이나 상금 등이 있지만 다수의 작가들이

누리는 보편적인 것은 아니다. 자, 이것이 글로 벌 수 있는 자본을 대부분 나열한 것이다. 그렇다면 부수적인 일은 무엇이 있을까.

낭독회나 특강, 강의 등이 있다. 하지만 이것은 글만으로 돈을 버는 개념은 아니다. 많은 작가들이 책이 나오면 이런저런 행사를 다닌다. 주변 작가들을 볼 때 행사를 거절하는 경우는 흔하지 않다. 특히 첫 책이 나온 신인의 경우엔 더더욱 말이다. 비슷한 시기에 나온 시인 두어 명이 엮이는 경우도 있고 같은 출판사에서 책을 내게 된 시인이 엮이는 경우도 있다. 이런 행사는 장단이 있다. 사람 만나는 것을 즐거워하고 독자들과 심도 있는 이야기를 나누는 것을 좋아하는 사람이라면 에너지가 될 수도 있다. 이것은 건강한 일이다. 하지만 그것이 아니라면 심리적 소모가 큰 일이다. 또한 강의는, 창작이 아닌 교육이다. 학생들이 시를 사랑하고 스스로의 언어를 찾는 데 함께 에너지를 쏟아야 한다. 무엇을 가르치고 어떻게 가르치는지 알 수 없다면, 애정을 갖고 함께할 수 없다면, 독이 될 수 있는 일이다. 그럼 무엇을 해야 할까. 시인은 어떤 사람이지. 시를 쓰는 사람이지.

아직까지 병원비를 부모님께서 충당해 주신다. 아프기만
하면 되던 시간들이 있었다. 하지만 이제 우리 집은 나의
병원비를 할부로 하기도 한다. 이제 맘껏 아프면 안 된다.
삼십 대가 되니 이십 대와 달랐다. 나의 친구들은 글을 쓰지
않는 친구들이 대부분이다. 그들은 연봉과 부동산에 대해
말하는 것이 자연스러웠다. 직장을 가지고, 가정을 꾸리며
사는 것이 자연스러운 나이가 되었다. 자꾸 동떨어져 사는 것
같은 맘이 들어 열심히 특강을 하고 강의를 하고 낭독회를
한 적이 있다. 그러다가 컨디션이 떨어져 응급실에 가거나
입원을 하면 모든 것이 정지되었다. 열심히 살고 싶지 않은 게
아닌데 방법이 없는 것 같았다.

매년 자본주의에서 소득 최하위를 기록하는 직업. 시인.
병원에 누워 일주일마다 정산되는 병원비를 마주하는 것.
아무것도 하지 않는 게 아닌데, 노는 게 아닌데, 자꾸 더
불행해지는 것 같은 마음. "에이 그래도 넌 하고 싶은 거
하면서 살잖아." 누군가 내게 한 말.

그래, 하고 싶은 것을 하며 사는 사람들은 많지 않지.
그래, 견뎌야지 이런 대우는. 누구나 하고 싶은 일만 하며

사는 건 아니니까.

덜 움직이고 덜 아파서 병원비를 덜 내는 것이 내가 할 수 있는 가장 최선의 경제 활동이다. 어머니는 이런 말씀을 하셨다. 덜 아픈 게 버는 거라고. 열심히 하지 않아도 된다고. 무언가를 열심히 하고 싶을수록 어디론가 떨어지는 것 같았다. 이번 입원 때도 병원비가 많이 들었다. 이런저런 마음으로 엄마에게 미안하다고 했다. 엄마는 아픈 게 왜 미안한 거냐고 했다.

작가마다 각자의 호흡이 있다. 한 계절에 열 편을 쓸 수 있는 작가도 있을 수 있고 한 계절에 한 편도 힘든 작가가 있을 수도 있다. 난 한 계절에 대체로 두 곳, 그러니까 네 편 정도의 시를 쓰는 게 최대의 호흡이다. 고료를 많이 받는다 생각해 보아도 한 계절에 40만 원 정도이다. 일 년에 160만 원. 그것이 시를 써서 벌 수 있는 최대치의 돈이다. 나는 전업 작가이다.

이것은 출판사의 경영진과 편집위원, 편집자, 작가들이 여러 형태로 공론화시키고 의지를 갖고 이야기해야 할 문제이다.

회사는 이익을 내는 곳이지 손해를 보려고 존재하는 곳이
아니다. 모든 것을 출판사 탓을 할 수 없다. 그렇다고 몇
출판사가 주도하는 이 문학 출판 시장에서 출판사를 빼고
이야기할 수도 없다.

출판사는 편당 15만 원, 10만 원, 5만 원으로 시의 가치를
책정했다. 선생님, 선생님이라고 존칭을 쓰지만 그들이
나의 노동을 존중하지 않는다는 것을 느낄 때가 있다.
나는 선생님이라는 칭호를 듣고 싶은 게 아니다. 그저 내
원고에 애정을 갖는다면 그것이 감사한 일이다. 출판 시장이
어렵다고 이야기한다. 종이책의 소멸을 이야기하는 것은
한참 전이다. 물가는 오르고 있고, 최저임금도 오르고 있다.
고료는 보통 일이십 년째 같은 곳투성이다. 많은 작가들은
출판사를 걱정한다.

친구와 이야기를 하다가 고료 이야기가 나와 이야기했더니
놀랐다. 나는 그 와중에 출판사와 편집자의 어려움을
이야기했다. 그 이야기를 한참 듣더니 내게 말했다. 그래서
그 출판사들이 망했냐고, 그들이 나보다 더 어렵게 사냐고.
누가 누굴 걱정하냐고. 출판 시장 경기가 안 좋다고 고료를

올리는 것을 우려하는 사람들을 이해하려 했다. 반대로
그렇다면 반대로 출판 경기가 좋을 땐 작가들의 고료를
더 올려 주었나 되묻고 싶기도 했다. 우린 자주 출판사의
을이다. 이런 이야기를 공적으로 말하는 사람들은 많지
않다. 사석에선 모두가 어려움을 토로하면서도 말이다.

청탁에 응하지 않는 경우는 두 경우다. 수락 의사를 묻지
않을 때, 그리고 원고료를 적시해 놓지 않았을 경우.
자본주의에서 노동은 자본으로 보상받는다. 예술이라는
특성을 감안해도 그곳에도 절대적 시간과 교환가치가
들어가 있다. 고료를 적시해 놓는 것은 기본 중의 기본이다.
보통 작가들이 창작을 제일 많이 하는 곳은 카페. 시 한
편을 쓰기 위해 먹는 커피 최소 열 잔. 커피 마시다가 밥
대신 먹는 빵까지 계산해 보자. 들어오는 길 한 끼는 밥을
먹어야지 하고 먹는 밥까지 생각해 보자. 시 한 편을 쓰기
위해 고료보다 많은 돈을 쓰는 것. 시 써서 부자가 될 생각을
하진 않았지만, 적어도 사비를 써 가며 쓴 시를 원고료도
적시해 놓지 않은 곳에 보내고 싶지는 않다. 내 친구들은

문학전공자보다 다른 분야에 있는 친구들이 많은데 가끔
이런 이야기를 나눌 때면 놀라곤 한다.

친구들아 이 고료를 받으면서도 많은 작가들은 눈치 보며
산다. 사람들 생각처럼 할 말 다 하면서 사는 작가 많지 않아.
우리도 눈치 보고 어떤 일은 살얼음 위에서 내는 용기임을
알았으면 좋겠어. 작가는 글로 말하는 사람이니까. 나의
사랑하는 친구들아, 모두 봐봐. 이것이 네 친구가 사는
방식이야.
난 노력해. 당신들의 무엇이 부럽지 않게, 그리고 또 노력해.
당신들에게 부끄러운 사람이 되지 않게. 지난 대선 한
후보의 슬로건은 '노동이 당당한 나라'였지. 나는 당당하게
노동을 하고 있는 걸까. 시를 읽는 사람들 모두 그렇게
생각할까. 시를 읽지 않는 사람들도 그렇게 생각할까. 주변의
많은 지인들은 그렇게 생각할까. 시인의 가난은 어디까지
받아들여야 할까. 병원비를 부모님의 카드로 결제하는
스스로가 부끄러워서. 열심히 안 쓴 게 아닌데, 많이 쓰고
발표하고 한다고 했는데. 결국 덜 움직이고 덜 아파서

병원비를 덜 내는 것이 할 수 있는 최선의 경제 활동인 스스로가 부끄러워서. 내가 사 주는 밥을 먹어도 너희들이 불편하지 않았으면 좋겠어.

비눗방울 삼촌

타국에 사는 조카가 왔다. 지난번 한국에 왔을 때, 조카와
놀이터에 갔다. 놀이터에서 비눗방울 장난감을 가지고 노는
아이가 있었다. 조카는 비눗방울 놀이를 하고 싶은지 그
아이가 날리는 비눗방울을 보았다. 비눗방울이 하고 싶냐고,
저게 갖고 싶냐고 물었다. 조카는 뜸을 들이더니 삼촌 돈
많냐고 물었다. 크게 웃으며 삼촌 돈 많다고 했다. 조카는
얼마나 많냐고 돈 백 개 있냐고 물었다. 그것보다 더 더
많다고 어서 비눗방울을 사러 가자고 했다.
조카는 언젠가 삼촌이 가난한 시인인 걸 알게 되겠지. 그래도
부끄러워하지 않았으면 좋겠다. 그날 누르면 불빛과 소리가
나는 비눗방울 장난감을 사 줬다. 조카는 이후로 나를
비눗방울 삼촌이라고 부른다. 비눗방울처럼 삼촌도 자주
방울지다가 터지는 걸 알까.
오늘 조카가 왔다고 전화가 왔다. 비눗방울 삼촌을
기다린다길래 마트에 들러 작고 조악한 자동차 장난감을 사
갔다. 다행히 조카는 또 즐거워한다. 삼촌이 나중엔 꼭 가방
삼촌, 구두 삼촌이 될게.

신인

친구와 선생님을 찾아뵈었다. 선생님의 새 시집이 나왔다.
선생님께서 서명을 해 주시다가 갑자기 아이쿠! 하셨다.
'성동혁 시인에게'라고 쓰시려 했는데, '성동혁 신인에게'라고
쓰신 거였다. 우린 크게 웃었다. 난 "선생님 저 신인 맞잖아요"
하고 더 크게 웃었다. 저녁을 먹으며 이런저런 이야기를
나눴다. 선생님이 건강하셔서 다행이었다. 선생님께선 나의
건강을 걱정해 주셨다.

돌아오는 길 친구와 커피를 마셨다. 그리고 지금은 책상에
앉아 선생님의 시집을 보고 있다. 선생님께서 너무 잘 써
주셨다. 시를 쓰는 일은 매번 어렵고 매번 처음 같다. 신인은
시인과 참 가까운 말.

만일

만일 당신이 책을 만나러 가고 싶다면, 만일 작가의 표정은
모르는 게 더 낫다고 생각한다면, 표지가 주는 생경함과
문장이 주는 즐거움과 맥락이 주는 감정에 대해서만
반응하고 싶은 사람이라면, 이곳을 들러봐요. 만일.
책은 안 팔린다는데 서점은 계속 생기는 이상한 시대에
살고 있네요. 많은 북카페와 독립서점이 생겼어요. 그곳에서
작가들은 독자와 직접 만나는 시간을 가지기도 해요. 서점이
행사의 공간으로 사용되기도 하죠. 책 홍보와 낭독회, 강연
등의 장소로 사용되죠. 그곳에서 작가의 몰랐던 점들을 알게
되기도 하며, 작품의 미묘한 뉘앙스에 대한 궁금증을 풀 수도
있을 거예요. 때로는 작가와 독자, 혹은 함께 자리한 독자와
독자가 서로 용기를 나눠 갖고 나가는 것을 보기도 하죠.
하지만 저는 이제 조금 지쳤고 그저 조용히, 누군가를 보기
위해서가 아니라 오로지 책을 읽기 위해 서점을 들르고
싶었어요. 작가의 말을 직접 듣는 것이 아니라 작가가 쓴
문장을 조용히 읽고 싶었어요.
서점의 주인은 누굴까요. 서점의 주인은 책이라 믿어요.
책을 선택하고 진열하는 자와 책을 고르고 읽는 자, 이

둘의 보이지 않는 선이 서점에 가득할 뿐이죠. 그 신뢰가 그 서점의 표정을 만드는 것이고요.

만일을 신뢰해요. 그곳의 책들은 저를 쉬게 해 주었고, 저를 공부하게 했고, 저를 기쁘게 했어요. 만일은 망원을 알게 해 준 곳이고, 골목을 불편해 하는 저에게 골목을 좋아하게 해 준 곳이기도 해요. 만일에 들러 책을 보다가 맞은편 빵 가게에 들러 빵을 사 가는 일이 평온함을 찾는 일이 되기도 했죠.

만일은 불현듯 일찍 문을 닫았죠. 불현듯 쉬었고요. 불현듯 사장님이 아닌 다른 분이 카운터에 앉아 계실 때도 있었어요. 저 또한 헛걸음을 하고 문을 닫은 만일 앞을 서성이다 온 적이 있어요. 전 그것이 좋았어요. 불현듯 문장이 누군가에게 가 닿듯, 불현듯 들른 만일에서 계획하지 않은 책이 다가오는 것이.

두 권인 책들이 있어요. 세 권인 책도 있고요. 버린 책도 있고, 빌려 주고 못 받은 책도 있지요. 서문만 읽은 책도 있고, 두 번을 읽은 책도 있지요. 읽지 않고 가지런히 둔 책들도 있어요. 책엔 각각의 운명이 있다고 믿어요.

작가의 손을 떠난 원고가 책이 되어 어떠한 서점에 진열되고, 그것을 누군가 만지작거리다가 펼쳐 보고, 결심하듯 책을 사고, 읽는다는 것. 그것은 책을 쓴 사람과 그 책을 편집한 사람과 진열한 사람과 고른 사람이 함께 관여된 희귀한 일이에요.

당신이 어떠한 책을 만나길 진심으로 바라요. 그리고 그 책이 부디 당신의 표정에 작은 균열을 내고 잠자고 있던 감각과 감정을 깨우길 바라요. 그렇게 책과 우정을 쌓길 바라요. 만일, 그러한 기운이 돌고 돌아 다시 작가에게 돌아간다면, 당신은 어떤 시를 쓰고 있는 것일 수도 있겠네요.*

---

* 아쉽게도 서점 만일은 문을 닫았어요. 어떤 거리가 통째로 사라진 듯했어요. 다행인 것은 만일은 출판사로 돌아왔어요. 책으로 만나자는 사장님의 말이 어떤 다짐 같았어요.

오월

오월이에요. 생일이 지났고 장미가 넘어오는 담벼락이
보여요. 담 안에 행복이 있는지 담 밖에 행복이 있는지 알 수
없지만, 장미가 넘어오는 오월이에요. 담이 무슨 의미겠어요.
장미가 넘어오는 오월인데.

FREITAG, 행운의 쓰레기

다시

되돌릴 수 있을까. 본디의 표정을 찾을 수 있을까. 다시
마주할 수 있을까. 이전의 시간이 다시 당도한다면 다른
선택을 할 수 있을까. 혹 달라졌을까. 하지만 '지금', '이곳'의
일들이 나를 대변한다.
하루는 신기하다. 하루 만에 할 수 있는 것은 많기도 하지만
하루 만에 되지 않는 일은 더 많다. 나는 하루를 선물받고
하루를 버린다. 하루의 불행이 있고 또 다른 불행이 순서를
기다리고 있는 기분이 들 때도 있다. 하루가 없는 세계로
가고 싶다. 몸을 털고 다른 세계로 가고 싶다.

행운의 쓰레기

일주일에 한 번 정도 분리수거를 한다. 그것들 중 많은
것들은 재활용이 되겠지. 다시 빛나는 유리가 되거나 공책이
되겠지. 하지만 종이나 유리병 말고도 버린 것들이 많다.
새것들이 쏟아져 나올수록 많은 것들은 헌것이 되고
쓰레기가 된다. 문제는 새것들의 호흡이 더욱 짧아지고

있다는 것. 이렇게 쏟아져 나온 쓰레기는 일이 년 안에
썩는 물질이 아닌 짧게는 몇십 년, 길게는 몇백 년이 넘어야
썩는 물질이란 것이다. 때문에 사람들은 버려진 물건들을
재활용하는 데 많은 기술을 썼다. 하지만 그것만으로는
해결되지 않을 양의 쓰레기들이 쏟아져 나오고 있다. 그래서
재활용 개념 이후 대두되고 있는 것이 업사이클링이다.
업사이클링의 시대다. 재활용이 기술에 관한 것이라면
업사이클링은 하나의 문화이다. 그 문화의 선봉에
프라이탁이 있다는 것을 누구도 부정할 순 없을 것이다.
프라이탁은 스위스의 프라이탁 형제가 만든 가방
브랜드이다. 누구는 프라이탁을 아름다운 쓰레기라 칭하기도
하고, 누군가는 값비싼 쓰레기라 칭하기도 한다. 하지만 나는
행운의 쓰레기라 부르고 싶다.
프라이탁은 쓰레기로 만든 가방이다. 정확히는 버려진
트럭의 방수포로 몸체를 만들고, 어깨끈은 버려진 자동차의
안전벨트로 만들었다. 마감은 버려진 자전거 고무 튜브를
이용했다.
제품뿐만 아니라 취리히에 있는 프라이탁 플래그쉽 스토어는

전 세계의 바다를 누비던 컨테이너들로 만들어졌다.
소각되거나 묻혀 시야에서 사라졌을 것들이, 가방의
모습으로 다시 나타났다.

흔적

쓰레기는 시간을 갖기 마련이다. 새것에서 버려지기까지의
시간. 쓸모없어지기까지의 시간. 프라이탁은 시간을 머금은
가방이다.
버려진 방수포는 특별한 가공 없이 세척만을 거쳐 가방으로
만들어진다. 그저 오염을 제거하는 수준이다. 이는 방수포가
가방이 되기 전 산성비를 맞고 햇빛도 맞으며 자연적으로
생긴 각각의 흔적들을 해치지 않기 위함이다. 트럭과 함께
달리며 비, 빛, 바람 등으로 생긴 마모나 얼룩은 다를 수밖에
없다.
위와 같은 이유로 프라이탁의 가방은 냄새 또한 다르다.
프라이탁은 설명한다. 가방에서 냄새가 날 수 있다고.
하지만 사용하다 보면 그것들은 사라질 거라고. 그 냄새를

없애고 싶으면 가방을 메고 자전거를 타고 나가거나 공원을 걸으라고 말한다.

프라이탁에서 가방으로 만들기 위해 수거한 방수포의 종류는 무수하다. 또한 같은 방수포라도 가방이 되기 위해 잘리는 부위는 각기 다르다. 그렇기에 프라이탁에서 똑같은 가방은 단 한 개도 존재하지 않는다. 제품마다 하나의 역사를 지니고 태어난다.

사람의 취향마다 다르지만 나는 마모나 얼룩이 자연스레 새겨진 제품을 고르기 위해 애쓴다. 그러한 흔적이 주는 상상의 진폭이 크기 때문이다.

어떻게 보면 프라이탁은 제작 시간이 가장 긴 가방일 수도 있다. 방수포를 수거한 후, 가방을 제작하는 시간은 타 수작업 제품과 비슷할지 모른다. 하지만 원단이라 할 수 있는 트럭의 방수포가 스위스의 비와 눈, 바람과 모래, 아스팔트 도로를 새기다가 버려질 때까지의 시간을 생각해야 한다. 지금도 스위스의 도로 위에선 프라이탁의 원단이 될 트럭의 방수포들이 비바람을 맞으며 다니고 있을 것이다.

여름

스위스의 날씨는 변덕스럽기로 유명하다. 프라이탁 형제가
버려진 방수포를 재료로 하려 했던 이유는 그러한 스위스의
날씨와 연관 있다. 갑자기 비가 와도 젖지 않는 소재를 찾던
중 발견한 것이 방수포였다.

버린 시간들이 있다. 생각나지 않는 순간들이 있다. 하지만
버려지지 않는 시간들도 있다. 결결이 생각나는 시간들이
있다. 이번 여름, 날씨만 가물었던 여름, 자주 기다리고 자주
울었던 여름, 자주 아프고 자주 망가졌던 여름.

프라이탁은 퇴원 후, 내가 나에게 주는 선물 같은 거였다.
다짐 같은 거였을 수도 있겠다. 일본에 갔을 때, 꼭 사고
싶었던 가방이었다. 비싼 가격을 보고 만년필과 작은 노트
정도가 들어갈 파우치를 대신 샀었는데, 한국에 돌아와서도
계속 생각이 났다. 노트북과 책을 여러 권 넣어도 거뜬할 것
같은 그 메신저백이 아른거렸다. 하지만 병원비와 원고료가
겹쳐 보였다. 몇 개의 시를 써야 가방을 살 수 있는 거지.
하지만 '저 가방에 아름다운 원고를 잔뜩 채우면 되지!'라는
생각을 했을 때는 늦었다. 이미 프라이탁 매장에 가 있었고,

가방을 보기 시작했고, 가방을 메고 거울을 보고 있었다.
그리고 시간을 잘 머금은 메신저백을 샀다.

프라이탁 가방의 택엔 이런 당부가 적혀 있다. 트럭은 터프한
거니까 당신이 구매한 프라이탁 가방 또한 터프하다고.
왜냐면 그것은 트럭의 한 부분이었기 때문이라고. 그래서
매일 많은 시간을 써도 견딜 수 있다고. 그러니 부디
다정하라고. 프라이탁은 당신의 진정한 스위스 친구가 될
거라고. 겸손하고 믿을 수 있는, 필요로 할 때 항상 곁에 있는
그런 친구가 될 거라고.

초록색 트럭을 타고

다시 태어나, 다시 살아갈 수 있다면, 다시 어떤 세계에 다른
표정을 내밀 수 있다면. 프라이탁 같고 싶다고 생각할 때가
있다. 아무도 알아보지 못하는 곳에서 걷고 몸을 줄이고
천천히 숨 쉬고 싶다. 나를 폐품처럼 만드는 사람이 있고,
나의 감각을 깨워 새로운 존재로 만드는 사람이 있다. 나는
어떤 사람이었을까.

우리는 많은 것을 버리고 있다. 또한 버려지고 있다. 잃는지
모르며 잃고 있다. 잊히는지 모르며 잊히고 있다. 어쩌면
버려졌을 트럭의 방수포, 자동차의 안전벨트, 자전거 타이어.
하지만 버려진 것들은 먼지를 털고 새 얼굴로 나타났다.

스위스의 비를 맞으며 달리던 트럭을 상상하며, 거대한
컨테이너 안에 있던 물건들을 상상하며, 라디오 볼륨을
높이고 노래를 따라 부르는 트럭 기사님을 상상하며, 비가
와도 눈이 와도 젖지 않고 달리던 풍경을 상상하며, 나 또한
어떠한 짐을 옮길 수 있길 바라며, 하얀 노트를, 써 놓은
편지를 전달하길 바라며, 더 이상 버리지 않길 바라며, 더
이상 버려지지 않길 바라며, 갑작스레 젖지 않길 바라며,
초록 가방을 머리 위에 이고 젖지 않는 트럭처럼, 걷는다.
비가 그치면 방수포를 걷듯, 가방을 내려 놓고 기지개를
켜며.

『새벽 세 시의 몸들에게』*

저자께 감사한 마음이 들 때가 있다. 책의 존재에 감사하게
될 때가 있다. 동시에 무기력해지기도 한다. 책은 이런
분들이 쓰는 거라는 생각이 들기 때문이다. 작업이 정지된다.
쓰는 기쁨보다 읽는 기쁨이 크기 때문이다.

서가에 있는 책들을 모두 읽은 건 아니다. 사 놓고 읽지 않은
책도 많다. 읽는 데 심적인 에너지가 필요한 책이 있다. 그런
책은 독서 계획에서 자주 밀려난다. 그렇게 밀려난 책이 문득
떠오를 때가 있다. 오늘이 그랬다.

어떤 책을 추천해 달라고 할 때, 내가 좋아하는 책과
상대방이 좋아할 책이 같을까 고민하게 된다. 그러나 몇몇
책은 그런 취향과 상관없이 추천하게 된다.

어떤 책은 나에게 오고, 어떤 책은 당신께 갔으면 한다.
그러나 몇몇 책은 우리 모두에게 찾아오면 좋겠다.

---

* 김영옥, 이지은, 전희경, 생애문화연구소 옥희살롱, 『새벽 세 시의 몸들에게』,
봄날의책

가까이

스피커 대신 헤드폰을 찾는다. 거리가 가까운 것들을 찾는다.
티브이 대신 모바일로 무대를 보고 가고 싶은 곳의 사진을
본다.
신기한 건 그것들을 꺼 놓으면 듣던 것이, 보던 것이 이
세계에서 존재하지 않는 것처럼 느껴진다는 것이다.
아침, 창밖으로 눈이 내리고 있었다. 어떤 화면 같았다. 너무
가까이에 갇힌 기분이었다.

멀리

스무 살쯤엔 혼자 바다에 갔었다. 비성수기의 텅 빈 바다를
혼자만의 것처럼 누렸었다. 모든 걸 툭 놓고 전화기를 꺼
놓고 떠났었는데 이제 그런 일은 결심이 필요한 일이 되었다.
서울을 떠나는 일. 그것이 나의 목표였다.
오늘은 병원에 가는 날이다. 저번에 의사 선생님께 멀리
떠나고 싶다고 말씀드렸는데 안 된다고 하셨다. 스무 살 홀로
바다에 던져진 것처럼 언제 또 나는 던져질까.

위로

커다란 커피잔을 비우며 생각한다. 밤은 여전히 남아 있고
당신들의 곁엔 내가 가끔 서 있다.

조망하는 자연

자연의 중심에 있을 때 두렵다. 자연은 내게 공포의
대상이다. 추운 겨울, 오 분을 채 못 걸어 응급실에 실려
가는 내게, 건물 밖은 변수가 가득한 두려운 곳이다. 건물
안에 있을 때 안정이 된다. 온도가 일정하고 외풍을 막을
수 있으며 사람들이 있는 곳, 만약의 사태에 도움을 청하고
대비할 수 있는 곳. 견고하고 아름다운 건축물을 사랑하는
이유이기도 하다.

자연은 건물 안에서 조망할 때 아름다워진다. 자연을 느끼고
그 중심을 걷는 것보다 유리 너머의 나무와 물을 보는 것이
좋다. 그럼에도 가끔은 유리 밖으로 나아가고 싶은 마음이
들기도 한다. 친구들이 그토록 좋아하는 숲의 중심으로,
바다의 중심으로.

설익은 말이 나가는 계절

설익은 말들이 나가는 계절이다. 오늘은 그 말들을 잊으려고
책을 샀다. 문장들을 차곡차곡 내어 두려고 공책 두
권도 샀다. 일본에 사는 친구의 메신저 프로필은 내 시집
사진이다. 볼 때마다 뭉클하다.
월요일엔 수업을 시작했다. 다른 수업을 포함해 일주일에 두
번 수강생을 만난다. 좋은 시를 읽어 주고 싶다. 설익은 말을
하는 것 대신 동그랗게 맺혀 있는 그런 시를 함께 읽고 싶다.
세계를 풍성히 하는 시인들의 시를 자랑하고 싶다. 그들은
알까. 그들의 시를 수강생들과 읽는 걸. 덕분에 시들지 않는
열매를 나누고 있다는 걸.

꿈틀꽃씨*

그 어떤 우편물보다 반가운 꿈틀꽃씨 소식지.
매달 아이들과 조용한 점심을 먹는다 생각하고 꿈틀꽃씨와
함께했다. 함께할 수 있어 감사했다. 올해엔 글 더 열심히
써야지. 너희가 미술 선생님과 그림을 그릴 수 있도록,
외따로운 시간이 없도록.

---

* 서울대학교 어린이 병원 완화의료 프로그램

요즘의 행복은 택배로만 도착한다

일어나면 먼저 커피를 내린다. 끼니는 못 챙겨도 달고
칼로리가 높은 간식을 의식적으로 많이 먹을 때가 있다.
뇌야 움직여 하는 맘으로.
침대 대신 빈백이나 소파에서 쪽잠처럼 자는 날이 는다.
병원에 갔을 때 선생님께선 잠은 꼭 방에서 정해진 시간에
자도록 노력하라고 하셨다.
미루며 지내고 있는 것들이 있다. 사월엔 오월엔, 이월에
삼월에 미룬 것들이 기억날까.
중요한 원고를 뽑을 땐, A4용지에도 과민해진다.
75~80그램의 종이는 얇고 잘 구겨지는 것 같아 90그램짜리
A4를 주문해서 인쇄를 했다. 인쇄된 것들을 보는데 마음이
편안하다. 주문한 음반도 도착했다. 요즘의 행복은 택배로만
도착한다.

말

말을 해야 하는 어려움과 말을 하지 않는 어려움은 각기
다를 것이다. 말을 하며 산 시간은 갈수록 늘어나는데 말을
하는 것에 대해 더욱 어려움을 느끼는 건 언어가 가지는
무게를 체감하기 때문이다.

말은 보이지 않는 영역에 있다고 생각할 수 있지만 어떤
것보다 가까이에서 실질적인 영향력을 행사하고 있다. 말
한마디에 하루가 바뀌는 것을 모두 경험했을 것이다. 말로
덕을 쌓는 사람들이 있고 듣고 있는 것 자체가 언어인
사람들이 있다. 그들에 대한 존경심이 일 때가 있다.

누군가와 한 대화가 온통 평온하게 기억될 때가 있다.

쓰는 만큼만 말하면 좋겠다. 언어를 고르고 문장을 다듬듯
말을 건네고 싶다. 느리고 미숙해도 해가 되지 않게.

서로의 말의 양과 속도를 이해하며.

돌아가는 길 마음이 피로하지 않도록.

작가

유독 시간 개념이 희미해지는 시기가 있다. 출근을 하지도
균일한 일정이 있는 생활을 하지도 않는다. 감정이나 생각의
양, 작업량에 따라 잠과 생활이 뭉텅이째 바뀐다.

책상에 두 팔꿈치를 대고 있는 시간이 많다. 생각하는 건
즐겁지 않다. 하지만 소홀히 할 수 없는 일이다.

책상은 어디에서 자라던 나무였나 궁금했다. 베인 나무를
생각했다. 뭐 대단한 거 쓴다고 책상을 두 개나 들여놨나
생각했다. 책상 위에서 쓴 글자보다 버린 글자가 훨씬 많은데.

이 일이 가끔 곤혹스러운 것은 그 누구도 출근과 퇴근을
가르쳐 주지 않는다는 것이다. 스스로 시원하게 퇴근의
맘으로 책상을 밀고 일어난 적이 얼마나 있을까.

그럼에도 가끔은, 아주 가끔은 편지처럼 글을 쓰고 다시 펴
보지 않아도 되는 어떤 마음이 생긴다. 그런 시간이 종종 올
수 있게 몸을 덥히고 있다. 방을 노크하고 돌아가는 문장이
없게.

일부

미워하는 마음이 사랑하는 마음을 이기지 않게 해달라고
기도하곤 했다. 우울하지 않고 유쾌한 내가 될 수 있기를
기도했다. 슬픔이나 분노, 우울은 이윽고 사라지지 않고
몸이나 영혼 어디에 남았다. 그것들이 삶을 망칠 때가 있기도
했다. 방치하듯 시간을 보내기도 했다. 사람들이 도왔지만
결국 그곳에서 빠져나오는 건 스스로의 몫이기도 했다.
쓴다는 건 뭘까라는 질문보다 산다는 건 뭘까라는 질문이
선행되어야 했다. 그렇게 일 년 정도 시를 쓰지 않고 휴식을
가졌다. 휴식을 가질 수밖에 없었다. 하지만 일 년 후엔 시를
다시 쓰기 시작했고 다시 살아갔다. 누군가에겐 일 년은
아무것도 아닐 수도 있겠지만 내게 그 시간은 시를 쓰기
시작하고 처음으로 시를 쓰지 않던 긴 시간이었다.
글은 소중한 일부다. 그러나 아무리 소중해도 전부가 될
수는 없다. 건강하게 사는 과정에 글이 있으면 좋겠다. 내
글을 읽는 독자가 있다면 진심으로 건강했으면 좋겠다.
내 글을 읽지 않는 분들도 건강했으면 좋겠다. 진심으로
건강했으면 좋겠어요. 정말로요.

4月

모스끄바

어떤 시간은 내내 닿을 수 없을 것 같고
어떤 시간은 곧장 닿을 수 있을 것 같다.
그 두 마음이 가장 많이 혼재되어 있는 곳이다.
언젠가 다시 가 볼 수 있을 것 같고
다시는 가 볼 수 없을 것 같기도 하다.
이맘때였지. 그곳엔 미리 첫눈이 내릴 텐데.

용무 없는 전화

눈이 내렸다. 파리에 폭설이 내렸다. 참 드문 일이다.

나는 그렇게 혼잣말을 한다. 그리고 그 혼잣말이 나를 아프게 한다.
그녀는 결코 지금 여기에 있을 수 없으리라, 이 눈을 보기 위해서,
이 눈 소식을 나로부터 듣기 위해서.

―롤랑 바르트, 『애도 일기』 중

용무 없는 전화를 하면 아픈 건가 걱정을 하신다. 엄마의
잠과 끼니를 물었는데 답 대신 나의 끼니를 물으신다.
근래 본 드라마 때문도 요즘 읽는 롤랑 바르트의 『애도 일기』
때문도 아니다. 엄마를 생각하면 아무 일도 할 수 없을
정도의 감정들이 밀려오곤 한다.
비 오는 서울에서 눈 오는 파리를 생각하는 것.

곧

학교에 갈 수 없었다. 나를 만나러 오는 사람들은 마스크를
쓰고 있었다. 곧 마스크를 벗고 만날 수 있을 것 같았지만
그렇지 않았다. 집 바깥을 나설 땐 긴장을 했다. 사람들이
불쑥 다가오는 게 두려울 때가 있었다.

올해 겪은 일들에 기시감을 느꼈다. 마스크를 쓰고, 긴장
속에 외출을 하던 유년 시절이 떠올랐다. 위의 이야기는
코로나19를 겪는 우리의 모습일 수도 있지만, 어린이 병원을
드나들던 나의 이야기이기도 하다. 맘껏 학교에 갈 수 없을
때가 있었고, 친구들을 만나지 못할 때가 있었다. 많은
시간을 병원과 집에서 머물렀다.
무엇을 계획할 수도 없었다. 계획이 쉽게 쓸모없어졌기
때문이다. 그저 몸에 적응하는 데 기운을 쓸 수밖에
없었다. 회복이 다 될지, 아프지 않을지 가늠할 수 없었다.
엄마는 푹 자고 일어나면 괜찮아질 거라 했지만, 눈을 뜨면
중환자실이었다. 몇 밤을 자야 괜찮아질지 몰랐다. 곧 외출을
할 수 있을 것 같았지만, 곧이란 말이 눈앞에서 멀어지기도
했다. 그 불확실성이 두려웠다.

이런 시간을 겪은 건 나뿐이 아니다. 어린이 병원의 많은
어린이들이 비슷한 시간을 보냈다. 우리는 다인실에서
서로의 모습을 보며 자랐다. 옆 침대의 어린이가 사라졌다.
며칠 뒤, 나 또한 수술실에 들어갈 것을 직감할 수 있었다.
누군가 주사를 맞으면 자신의 차례가 오지도 않았는데 이미
우는 친구들도 있었다. 우린 함께 아프고 회복하는 과정
속에 있었다.

선천성 난치병을 겪는 어린이들만 위의 일상을 겪는
건 아니다. 코로나19 때문에 어린이집과 학교는 휴원,
휴교를 했다. 외출을 할 땐 모두가 마스크를 쓰고 다녔다.
친구들과 만나고 싶겠지만 그럴 수 없는 시간이 지속되었다.
어린이들은 집에 머물렀다. 코로나19가 계속될수록
어린이들이 생각났다.

아동 문학은 희망적이고 밝아야 한다는 인식을 가진 분들을
접할 때가 있다. 어린이들이 일 년 내내 기쁜 것은 아니다.
그런데 왜 동화는 기쁘게 뛰노는 어린이들만 있어야 한다고
생각하는 걸까. 현실에서 일어나는 모든 일을 여과 없이

어린이들에게 보여 줄 필요는 없다. 그러나 아동 문학의
방식으로 꼭 이야기해야 한다. 그 상황에 놓인 어린이들이
보고 공감할 수 있는 동화가 있어야 하기 때문이다. 그런
어린이와 그 옆의 친구들, 어른들이 함께 감각해야 하는
지점이 있다.

동화책에서 접한 어린이들은, 병실에 함께 누워 있던
어린이들과는 달랐다. 어떤 동화책들은 나와는 먼
이야기처럼 느껴졌다. 교과서에 실린 어린이들은 건강하게
뛰어다녔다. 입술이 파란 어린이나, 몸에 수술 자국이 있는
어린이들은 없었다. 몸에 호스를 달고 있거나, 콧줄을 낀
어린이도 없었다.

성인이 되고 아동 문학에 관심을 가진 이유도 위의 이유였다.
병원에 있는 어린이들이 읽을 책이 더 필요하지 않을까
생각했다. 많은 어린이 환자가 존재한다. 병실과 중환자실,
응급실, 수술실, 외래 진료실을 오가며 자라는 어린이들의
이야기는 어디에 있는 것일까. 병원에 갈 때마다 마주치는
어린이들의 이야기는 어디로 사라지고 있는 것일까. "나도
아파", "나도 숨이 차"라고 이야기해 주는 동화를 만났다면

유년 시절이 덜 불안했을까.

아직도 장난감을 산다. 올해 샀던 장난감 중 하나는
플레이모빌에서 나온 장애인 스쿨버스였다. 휠체어 리프트가
있는 차량이다. 휠체어를 탄 어린이가 있고, 그 어린이를
내려 주는 선생님이 있고 주변엔 가방을 멘 친구들이 있다.
이 장난감을 좋아하는 건, 휠체어를 타고 내리는 어린이와 그
주변 풍경을 특별하게 그리지 않아서였다. 질병, 장애 등은
누구에게만 해당하는 특수한 이야기가 아니다. 장난감을
가지고 놀며 접할 수 있는 자연스러운 일상이어야 한다.
낯설고 불편하게만 느껴지는 일이 되어서는 안 된다. 어떤
선입견도 없이 서로를 감각하기만 하면 된다.

많은 어린이들의 야외 활동이 줄고 있다. 어린이집과 학교
등을 오가며 자연스레 얻는 긍정적인 자극들이 줄고 있다.
얼마 전 눈이 내렸다. 창밖을 보는데 놀이터 어디에도 눈을
뭉치며 노는 어린이들이 없었다. 눈사람도 없었다.
눈이 오는 날엔 병동의 구름다리에 갔다. 눈이 내리는 걸

보다가 병실에 돌아갔다. 그 겨울들이 생각났다. 구름다리의
유리 너머로 눈을 본 것처럼 어린이들도 창밖을 바라보기만
하겠구나 생각하니 눈이 슬퍼 보이기까지 했다.
우리가 어떤 시간을, 어디쯤 지나고 있는지 알 수 없다.
어느 때보다 좋은 동화들이 필요하다. 지금의 상황을
어린이들에게 어떻게 이야기할 수 있을지 조심스럽게
고민하고 있다.

병원에 있는 아빠를 이야기하는 그림 동화가 있다. 『여름의
잠수』라는 그림책이다.
어느 날 사라진 아빠를 만나러 병원에 갔고, 거기서 "더
살고 싶은 마음이 안 들 만큼 몹시 슬펐"던 아빠를 본다.
"더는 면회를 원하지 않"고 "작은 쪽지에 '안녕'이라고 써서
문틈으로 내밀었"던 아빠를 마주한다.
주인공은 그래도 병원에 간다. 아빠를 찾아다녔지만 만날 수
없었다. 그 대신 사비나를 만난다. 둘은 친구가 되었다. 나무
아래에서 수영 연습을 하고, "햇빛 속에 누워 병원 위 하늘에
가느다란 줄을 그리며 날아가는 비행기를 보았다." 사비나와

"세상을 몇 바퀴나 헤엄쳐 돌고 난 뒤" 아빠는 돌아왔다.
그렇게 아빠와 주인공은 병원을 나선다.
어린이였던 주인공은 어른이 되었다. 주인공은 이야기한다.
"어떤 사람들은 결코 행복하지 못하다. / 어떻게 하더라도
그 사람들은 슬프다. / 가끔은 너무 슬퍼서 / 슬픔이 지나갈
때까지 병원에 있어야 한다. / 위험한 일은 아니다"라고.
그리고 사비나가 정말 바다에 갔는지 알 수 없다고 말한다.
그저 그해 여름, 사비나와 자신이 친구였다는 걸 기억한다고
말한다.
그해 여름 누가 더 슬펐는지는 알 수 없다. 그 슬픔이
얼마만큼 회복되었는지도 정확히 알 수 없다. 확실한 것은
그 셋이 병원이란 공간에 함께 있었다는 것이다. 함께 어떤
시간을 통과했다는 것이다.

많은 사람들이 긴장 속에서 지내고 있다. 기저질환을
가진 어린이들과 보호자들 또한 긴장 속에서 지내고 있다.
"슬픔이 지나갈 때까지 병원에 있어야" 하듯, 우리 또한
이 상황이 지나갈 때까지 가능한 조심해야 한다. 사비나와

주인공이 그해 여름, 병원 안 나무 아래서 수영 연습을 했던
것처럼, 우리 또한 집 안을 유영하며 지내길 바라고 있다.
어린이들의 '곧'이 우리 때문에 멀리 달아나지 않았으면 한다.
모두 건강한 모습으로 곧 만나요. 미리 크리스마스,
해피 뉴 이어.

푸른 꿈

서예가셨던 친구의 아버지께서 한 초등학교에 쓰신 글씨.
친구는 그 학교에 입학을 해서 씩씩하게 졸업을 했다.
친구는 일찍 떠나신 아버지 생각이 나면 모교에 들러 그
글씨를 보고 온다고 한다.
'푸른 꿈'이란 말 덕에 친구는 근사한 어른이 된 걸까.

제철 과일

친구를 생각하며 많은 글을 쓴다. 친구는 발표 전 내 원고를
보는 유일한 사람이다. 오늘은 친구를 만났다. 그것만으로
많은 것들이 괜찮아진다.

친구는 제철 과일을 먹어야 한다며 복숭아 주스를 시켜줬다.
그 구체적 말이 건강하자는 말보다 더 가깝고 다정하게
느껴진다. 계절은 자주 바뀌는데 친구는 바뀌지 않아 좋다.

환자복

같은 옷을 입는 것은 어떤 기분일까. 제복은 자신의 행동과
태도를 다르게 하기도 한다. 어떤 옷보다 많은 의미를 지닌
옷이기도 하다. 보는 순간, 신분과 상황을 파악할 수 있는
선명한 옷이다.
같은 옷을 입었단 생각만으로 우울해지고 무기력해지는
옷들이 있다. 환자복은 그런 옷 중 하나다. 환자복은 고통의
상징이기도 하다. 환자복은 치료를 수월하게 받기 위해
얇고 가볍다. 거추장스러운 장식 또한 없다. 병원의 로고가
나염되어 있는 것이 전부이다. 이런 옷을 입고 있는 것만으로
무력해지기도 한다.

외국에선 여러 명의 디자이너와 타투이스트가 합심하여
다양한 디자인의 환자복을 만든 적이 있다. 한 벌씩만 만든
옷을 진열해 놓고 어린이, 청소년 환자들에게 자신이 마음에
드는 옷을 골라 입게 한 적이 있다.
그때 아이들은, 병원에서의 몰개성에서 벗어나 자신을
표현할 수 있는 옷을 고를 수 있는 것만으로 큰 기쁨이라
말했다.

삼십 년 넘게 환자복을 입었다. 어린이 환자복에서 성인
환자복을 입는 것 말고는 바뀐 게 없다. 같은 환자복을 입고
환자 팔찌에 끼워진 번호로 구분될 뿐이다.

친구에게 그런 이야기를 한 적이 있다. 세련된 환자복을
만들고 싶다고. 아이들이 잠시라도 즐거워하는 옷을 만들고
싶다고. 어떤 브랜드의 옷보다 근사해서 병원에서의 모습이
초라하게 느껴지지 않도록, 하얗게 누워 또 하나의 슬픔이
되지 않도록.

호더

미니멀리스트를 꿈꾸지만 호더에 더 가깝다. 메모, 포장지나 포장 끈을 남겨 둘 때가 많다. 가벼운 포장지 하나가, 끈 하나가, 급하게 써 둔 메모가 부족한 기억력을 대신할 때가 많다. 버리지 않고 모아 두는 물건이 기억력인 셈이다. 그러나 많은 공간이 가득 찼고, 이제는 정말 안 되겠다는 생각이 들었다.

끊임없이 무엇을 사는데 그것이 가장 큰 문제다. 그중에서도 옷과 신발이 가장 큰 부피를 차지한다. 소장 개념으로 비닐도 안 뜯고 두었던 엘피도 팔고, 옷과 신발들도 정리하는 중이다. 오늘은 친구가 와서 신발들을 가져갔다.

허무함과 뿌듯함이 느껴졌다. 여백이 생기는 만큼, 생각이 채워지겠지.

연희

일찍 자려고 누웠는데 메시지가 왔다. '연희 우편함에 시집
두고 간다.' 우편함에 시집을 두고 가는 누나를 보려고
슬리퍼를 신고 후다닥 나갔다. 야외 테이블에 앉아 짧은
이야기를 나눴다. 테이블 위에 포도 넝쿨이 가득했다. 누나는
"포도가 많이 열렸네" 했다. 나는 그 포도가 누나가 연희에
심어 놓은 푸른빛이라고 생각했다.

사람

늘 하는 말이지만 인간으로서의 삶을 더 잘 살고 싶다.
작품의 생명은 분명 따로 있겠지만, 작가로서의 삶은 어떻게
흘러가는 걸까.
인간으로서의 삶 안에 작가의 생활이 있다는 것. 그래서
더더욱 좋은 사람이길 바라고 있다는 것. 좋은 작가는
언젠가 될 수도 있겠지만, 좋은 인간은 지금을 포기하면
기회가 잘 생기지 않는다는 것.
내일은 병원에 가서 무슨 이야기를 하고 무슨 이야기를
들을까. 이번 낭독회는 그냥 한 인간으로 가고 싶다는
마음이 들었다. 에어컨 바람을 쐬며 모여 앉아 커피를
마시며, 사람들이 읽는 시를 듣고 싶다. 독자들의 독자가
되고 싶은 마음.

연말

어떤 감각은 사랑 같다. 연말에 나눠 먹은 케이크로
기억될까. 집에 돌아와 책상 앞에서 읽은 카드로 기억될까.
방 전체에 퍼지는 향으로 기억될까. 원고를 누르고 있는
문진과 펜으로 기억될까.
연말 연초 요란하게 인사를 나누었지만 여전히 아무렇지
않게 시간이 간다. 다행히 구획하기 어려운 시간 속에서도
몇몇 얼굴에 친구라는 호칭을 달았다.

무제

나의 쇼핑을 반가워하지 않는 엄마가 아끼지 않고 사 주는 품목은 방한 제품이다.

나와 같은 병을 가진 사람들은 겨울이 힘들다. 몇 년 전부턴 통풍까지 심해졌다. 덕분에 가을에 내복을 입기 시작하고 봄이 되어야 내복을 벗는다. 목도리, 모자, 장갑, 경량패딩, 핫팩, 내겐 모두 필수다. 가끔 내 털모자를 보면 사람들은 에스키모라 그럴 정도로 과하게 덮고 다니곤 한다.

겨울을 잘 보내지 못하면 일 년의 시작을 병원에서 하기도 한다. 언제나 몸은 원하는 방향대로만 흘러 주진 않는다. 겨울은 많은 우울과 두려움을 안겨 주는 계절이다. 홀로 춥지 않은 타국을 여행할 체력이라도 되면 외국에 나가 일주일이라도 머물고 싶지만 그리할 수도 없다.

엄마가 구스다운을 사 주셨다. 백화점에 가 쇼핑백을 들고 주차장으로 내려오는데 엄마가 말을 건넸다. 밥도 못 먹었는데 먹을 거 사 줄 테니 친구와 먹으라고. 괜히 짠했다. 고등학교를 졸업할 무렵 처음으로 폴로에서 코트를 사 주던 엄마가 문득 생각났다. 졸라서 산 폴로 코트. 코트를 사고 에스컬레이터를 내려올 때의 엄마 표정이 생각나질 않는다.

아마 오늘의 표정과 같지 않았을까. 십 년 만에 에스컬레이터
위의 엄마 표정을 본 것 같다. 짠했다. 왜 그런지 모르겠지만
그랬다.

창작기금을 탄 기념으로 엄마에게 선물을 해 준다고 했더니
엄마는 그 돈 아껴 일 년 동안 잘 쓰라며 됐다고 했다. 그러던
엄마가 핸드폰 케이스가 고장 났다며 선물로 케이스 하나
사 달라고 했다. 들어오는 길 엄마와 핫트랙스에서 만나
케이스를 골랐다. 가죽으로 된 거로 하라는데 엄만 또 싼
케이스부터 살펴보셨다. 아들이 사 주는 거니까 제일 좋은
거 하라고 했더니 엄마는 몇 번이고 케이스를 들었다 놓았다
했다. 결국 엄마에게 가죽 케이스를 씌워 드렸다. 엄마의
어깨를 감싸고 핫트랙스를 나오는데 내 손 안에 들어올
정도로 엄마는 작았다.

구스다운은 겨울을 잘 맞이하라는 엄마의 선물이다. 이번
겨울은 함께 잘 지내 보자고 서로에게 다짐 같은 걸, 기도
같은 걸 하는 거다. 아프지 말고 춥지 말아야 하는 이유가
눈앞에 놓인 것 같다. 엄마에게도 이런 마음을 보여 드리고
싶은데 잘 안 된다. 엄마가 없으면 얼어 죽었거나 외로워

죽었을 것이다.

우리가 얼마나 많은 커피를 나눠 마실지, 얼마나 즐거운 농담을 할지, 혹은 티격태격하며 살지, 문득 쓸쓸할 때 서로의 얼굴을 떠올릴지, 멋진 공연을 보고 서로를 생각할지 모르겠다. 단, 삶은 작고 희귀한 것이라 세심하게 다루어야 한다. 멀리멀리, 크게 크게, 보다는 다정하게 살고 싶다.

멀리에서 온 것들은 왜 이리 아름다운지

한국에 잠깐 들어온 러시아 친구가 딸기를 사 왔다. 거제에
사는 시인에게 문자가 왔다. 멀리서 오는 것들은 왜 이렇게
아름다운지 모르겠다. 딸기를 씻어 종이컵에 나눠 담았다.
병실의 아이들에게 붉게 차오른 컵 하나씩을 나눠 주었다.
방은 네모나고, 네모를 부러뜨릴 수 있는 건 저 무른
과일 같은 게 아닐까 생각하고 있다. 몸이 앙상해질수록
영혼이라는 말에 손이 간다. 이곳에서의 일보다 저곳에서의
일이 궁금해질 때가 있다. 복도에 앉아 친구에게 모스끄바에
대해 물었다.
내 영혼은 이미 모스끄바로 향하고 있지만
붉은 광장 앞에서 선글라스를 끼고 있지만
몸은 무겁고 불필요하다.
몸 없이 아름다울 수 있는 방법에 대해 생각하다 포기했다.
삶이 비루하게 느껴질 것 같아서였다.
무거운 몸 안에선 영혼에 대해 생각할 수밖에 없다.
열 시면 불을 끄는 병실에서 나와
복도에 앉아 있었다.
손쉽게 방을 벗어나려 했다.

나의 사명은 스스로의 예배당을 지키는 일.

맞은 편 아이의 이름을 몰라도 몰래 기도하기.

먹고 싶은 것들을 적어 두기.

못 잔 잠을 몰아서 자기.

사나운 생각을 식판과 함께 반납하기.

커다랗고 배부른 영혼을 갖기.

이름을 알게 되는 일

산소포화도를 재러 들어갔다. 홀터방 선생님께서 진료
카드를 받기 전 내 이름을 부르셨다. 그리고 선생님도
놀라셨는지 어머 제가 왜 이름을 알죠, 하셨다. 난치병
환자들에게 병원은 그런 곳이다. 익숙해지다가 이름을 알게
되는 곳이다.

그러나 이번 외래 때, 진료실 간호사 선생님께서 다른
병원으로 가신 걸 알았다. 의사 선생님께서 우리가 대신 잘
인사하고 보내 드렸다고 걱정 말라고 하셨다. 우리 선생님은
정말로 그러실 분이라 다행이었지만, 직접 감사하단 말을 못
드려 맘에 걸렸다.

저와 엄마는 선생님 덕분에 외래가 수월했고 자주 안심되곤
했어요. 감사했어요. 선생님께서 새로 가신 병원의 많은
어린이와 보호자들도 분명 그러겠죠. 그곳에서도 항상
건강하세요 선생님.

아부

선생님은 아부가 평생 되면 사랑이라 하셨어요. 옆 사람에게 늘 잘 하라는 맥락에서 하신 말씀이었어요. 한 치도 안 되는 작은 삶으로 거들먹거린 순간은 없는지 반성하는 요즘이에요. 스스로의 이야기를 듣지 않을 때, 스스로에게 질문을 하지 않을 때, 얼마나 엉망이 되는지 우린 알고 있잖아요. 그렇게 된 순간들을 세어 보고 있어요. 지혜롭지 못했고 용기를 잃어버렸어요.

슬픈 일이 많았지만

슬픈 일이 많았지만
감사 헌금을 냈다.
감사한 일들이 일어나길 기도했다.

평일의 생일

누나가 뭘 갖고 싶냐고 물었다. 갖고 싶은 게 없다고 했다.
아버지는 생일 때마다 봉투를 주셨는데 오늘도 축하한다며
봉투를 건네셨다. 그것이 날 쓸쓸하게 만든 걸까.
이제 생일은 그리 특별하지 않아야 한다고 생각했다.
손편지 없이도, 꽃 없이도 잘 지내야 한다. 특별한 날이라
생각할수록 앞으로의 생일이 쓸쓸해질 거라고 생각했다.
신입, 신혼, 바쁜 친구들. 평일의 만남은 버겁고, 약속을 미리
하지 않으면 만나기 힘들어지고 있다.
평일의 생일 밥을 혼자 먹고 싶지 않아 선생님을 찾아뵈었다.
선생님과 밥도 먹고 커피도 마시고 사진도 찍었다. 스승의
날엔 병원에 가는 날이라 선생님을 찾아뵙지 못했다. 그래서
오늘은 스승의 날 겸 내 생일이었다. 선생님께 미리 사 둔
와인을 드렸다. 선생님의 어느 저녁상을 상상하며 산 와인.
학교 앞에서 백반을 먹으며 이런저런 이야기를 하다가
"선생님 저 오늘 생일이에요"라고 했더니, 선생님께선 "그럼
더 좋은 거 먹으러 갔어야지" 하셨다. 난 "선생님이랑 이런 밥
먹는 게 더 좋아요" 했다. 선생님이랑 사이다로 짠 건배까지
했다.

모든 걸 비우라고, 그래야 그곳을 건강이 채운다며, 늘
건강만 하라는 선생님.
"선생님 그래도 평일 낮에 이렇게 오는 제자는 저밖에 없죠?"
하고 너스레를 떨었고 선생님은 맞는 말이라며 웃으셨다.
그래도 생일이라서, 베트남에 있는 동생에게 편지처럼 긴
메시지가 오기도 하고 여름을 시원히 보낼 기프티콘들도
받고 무엇보다 다들 오랜만에 서로 안부를 물을 수 있어서
덜 쓸쓸했다. 못 보는 아쉬움이 왜 나만 있을까. 메시지에
꾹꾹 눌러 안부를 묻는 친구들. 카페에 앉아 답장을 하고
있다. 고맙고 보고 싶은 얼굴들.

이인삼각

피를 두 번 뽑았다. 벽보를 보았다. 검사 결과를 기다리며
원내 카페에 앉아 크루아상을 먹으며 발라드 몇 곡을
들었다. 진료 시간엔 피가 더 **뻑뻑**해졌다는 이야기를 들었다.
진료가 끝나곤 후원 사무실에 갔다. 매월 소아 완화의료로
일정 금액이 빠져나가게 서약서를 쓰고 왔다.
무엇으로 살고 있을까, 그리고 무엇으로 살아야 할까.
떠오르는 얼굴들은 의료인분들과 병원에서 일하시는 직원
분들, 그리고 이곳의 아이들이었다. 이곳에선 다 같이 잘
걸어야 한다. 그래야 덜 아플 수 있다. 어떤 의료인도 환자도
보호자도 혼자서는 아무것도 할 수 없다. 이인삼각처럼 조금
뒤뚱거리고 느리더라도 같이 걸어야 한다.

이기려 하지 마

지난주 엄마가 집에 들렀다. 엄마와 소파에 앉아 정미조 님의
엘피를 들었다. 삼십칠 년 만에 낸 앨범이었다. 엄만 그의
목소리가 여전히 좋다고 했다. 엄마와 이물감 없이 정미조
님의 노래를 들을 수 있다니, 좋은 예술은 시간과 상관없는
것이구나 느꼈다. 소파에 앉아 있는 엄마를 보며 우린 어느
시간 속으로 가고 있는지 생각했다.

몸이 안 좋아지는 건 어쩔 수 없는 일이니 몸을 이기려 하지
말라고 했다. 몸과 잘 지내라고 했다. 아파도 되니 크게만
아프지 말라고 했다. 내가 좋아하는 것들이 가끔 나를
무기력하게 한다.

COVID19 이후의 삶

—

줄 서서 받아 온 마스크. 나 끼라고 두고 가는 아빠 때문에
속상한 일주일.

—

친구가 마스크를 보냈어요. 자기는 건강해서 면 마스크 빨아
쓰면 된다며. 제가 더 필요한 거라며, 쓰고 나가서 햇빛도
받으라면서요.
마스크 한 장이 가지는 의미가 무엇인지 알기에 복잡하게
고마워요. 상자에 손 소독제와 과자, 초콜릿을 함께 담는
친구의 차분한 손을 생각해요. 제가 쉬는 숨은 자주 이래요.
친구들 덕분에 숨 쉬고 있다는 것을 느낄 때가 많아요.
염치없이 자꾸 안전해지고 있어요.

—

엄마에게 전화를 해서 울었다. 왜 울었는지 모르겠다.
오랫동안 나를 보살핀 사람들을 내가 보살핀 적 없다는 사실
때문이었을까. 그 사람들에게 내가 감당하기 힘든 어려움은

아니었을까 하는 생각 때문일까.

생각을 생각만으로 두는 일이 어려울 때가 있다.

하얀

새 캐리어를 사고 싶다. 여행을 하고 싶은 건지 새 캐리어를
갖고 싶은 건지 모르겠지만 캐리어를 사고 싶다. 검은색
캐리어.

친구네 가게는 온통 하얬다. 석유난로와 주전자까지 모두
하얀색이었다. 하얀색은 시간을 잘 보내야 한다. 그래야
시간을 잘 머금는다.

하얗다가 순식간에 망가지는 것들을 본다. 다행인 건
친구는 색에 예민하고, 하얀색을 잘 돌볼 수 있는 사람이다.
하얀색은 뽐내기보다는 간직하는 색깔이란 생각.

그렇다면 난 검은 캐리어를 사야 하는 건가. 시간에 조금
둔감해도 용서받을 수 있는 색깔. 외출 전 먼지를 털고
나가는 검정. 검은 티셔츠를 넣고 검은 선글라스를 챙기고
타지에 가 커피 한 잔을 들고.

격과 결

사람과 가까워지는 속도는 가끔 사람과 멀어지는 속도가
되기도 한다. 가까워질 때 못 본 모습을 뒤늦게 보게 될 때가
있다.

격과 결에 대한 이야기다. 가깝다고 그것들을 잊을 때 사람은
그 속도로 멀어진다. 언제부터였는지 모르겠지만 더 이상
편히 전화를 할 수도 만날 수도 없는 것을 서로 느끼게 되는
순간이 있다. 그때는 늦는다. 돌릴 수 있는 것은 많지 않다.
배려는 사랑의 표현이다. 그것 없이도 새로운 친구를 찾을 순
있겠지만 새롭게 잃을 것이다. 악담을 하고 싶은 것이 아니다.
나의 아름다운 친구들이 얼마나 서로의 결을 살피고 소중히
하는지, 격을 갖추고 대하는지 말하고 싶은 것이다. 그리고
나는 어떤 사람인가 생각하고 싶은 것이다.

여전히 사라지지 않은 친구들을 떠올린다. 오늘은 일이 있어
여의도에 있었다. 퇴근을 하는 친구와 만났다. 조용히 야경을
보며 돌아왔다. 친구를 보면 많은 것이 나아진다. 친구가
나의 삶 곳곳에 보여 준 품격 덕분이다.

소서

스스로를 잘 대접해야 할 때가 있다. 병원에 다녀온 후 뭐든
조금씩만 하고 있다. 조금 기쁘고 조금 움직이고 조금 슬프게
된다. 싫지만 그렇게 해야 더 큰일이 일어나지 않는다.
양해를 구하고 약속을 미루고 어제 오늘을 쉬었다. 스스로를
잘 보살펴야 폐를 끼치지 않게 된다. 많은 잠을 잤고 두어
수저 먹던 아침을 한 그릇 다 먹었다. 혼자 있을 땐 소서 없이
먹던 에스프레소를 손님에게 내어 주듯 소서에 두고 마셨다.

조카의 주황띠

조카의 주황띠를 보면 용감해진다. 로보트를 좋아하고
태권도를 제일 열심히 하는 어여쁜 조카.
마음이 연약해질 때 주황띠를 보면 주먹을 뻗고 싶다.
구름을 뚫고 더 맑게 주먹을 뻗고 싶다.

무제

죽은 시인의 헌정 시집에 실릴 원고를 썼다. 하지만 이번 계절, 사랑하는 시인은 나를 위해 시를 썼다. 나의 이름이 들어간 시를 들여다보고 있다. 살아서 누리는 것들이 너무 커져 버렸다.

안녕

어느 날 눈을 뜨면 안필드나 캄프누 근처의 호텔이길
기도한다. 유니폼을 입고 응원가를 부르며 경기장으로
향하길 기도한다. 거울을 보며 안무를 짜고 있길 기도한다.
전자 기타를 치고 있길 기도한다. 녹음이 끝나면 기타를
케이스에 넣으며 전생이 있었구나 불현듯 느끼길 기도한다.
모스크바의 한 카페이길 기도한다. 그리하여 러시아어로
커피를 주문하고 녹음기를 켜고 이렇게 말하길 기도한다.
안녕 모스크바 내가 다시 왔어.

단 하나의

누군가에게 문학은 액세서리이고, 누군가에겐 지금 여기의
좌표이며, 누군가에겐 사라진 세계이고, 누군가에겐 불행의
역사이고, 누군가에겐 레저이며, 누군가에겐 직업이다.
문학을 마주하는 태도는 개개인이 다르고, 그 개인들도
상황마다 다르다. 작품은 정지된 풍경처럼 고여 있기도 하고,
그 너머 운동하고 있는 시간을 보여 주기도 한다.
누가 문학을 더 잘 이해하고, 덜 이해한 거라고 이야기하긴
어렵다. 그저 누군가의 하루가 문학을 통해 나아졌으면 하는
소망이 있을 뿐이다.
올해엔 일정한 사람이 되고 싶었다. 성실하게 문장을 읽고
쓰려고 했는데 올해가 채 이 주밖에 안 남았다는 생각을
하니 실패한 것 같다. 지금 이 시기엔 할 일을 다 끝내고
조용한 곳에 가서 쉬고 있을 줄 알았다.
스스로 정해 놓은 시기가 있었다. 더 멀리 어기지 않도록
올해와 내년이라는 개념을 지우고 하루하루를 보내야겠다.
1993년에 나온 시집이 있다. 이방인이 한국에 와 한국어를
배워 한국어로 쓴 시집 『입국』. 그는 시집을 내고 곧
모국으로 돌아갔다. 그리고 시간이 흘러 그 시집은 2018년

『단 하나의 눈송이』란 이름으로 복간되었다. 저 시집 안의
시들은 1993년부터 오늘까지 꾸준히 걸었구나 생각했다.
시간은 경이롭고 자주 거짓말 같다.

여전히

날이 풀려 병동과 병동 사이를 걸었어. 병원에 핀 꽃들을 보았어. 형은 이런 날씨가 되면 네 생각이 나. 병동 앞 꽃을 보는 게 미안해져. 우리가 병원에서만 만나지 않았다면, 그러니까 우리가 병원 바깥에서 신나게 놀 수 있었다면 미안한 맘이 덜했을까. 모르겠어. 모르겠지만 여기선 할 수 있는 게 얼마 없어. 궁금해하거나 그리워하는 일 정도야. 형은 여전히 병원에 다니고 있어. 여전히 병원에 다니며 나무와 하늘과 친구들의 얼굴이 어떻게 변하는지 느끼고 있어. 이런 풍경을 보는 게 왜 내가 되어야 하는지 모르겠지만 그러고 있어. 봄은 참 근사한데 형은 여전히 볼품없네. 봄 별거 아니면 별거 아닐 텐데, 우리에겐 별거 아닌 시간은 없었던 것 같아. 어느 시간을 지나고 있니. 보고 싶어.

마지막 행

마지막 행은 고체에 관한 것이다.
끝이 없는 숲을 걷는 것
사방의 안개를 뿌리치며
거닐다가
안개 속에서 살갗이 물러지고
수증기가 될 것 같은 기분이 들어도

안개가 걷히면
무겁고 선명한 두 발을 마주하는 것
하얀 중력을 털어내고
굳은 땅을 보는 것
아름답지 않아도 응시해야 하는 것

오늘의 것

사람이 지나가면 많은 종류의 감정이 남는다. 머문 시간에
비해 많은 슬픔을 남기는 사람이 있기도 하고, 기억이 안
날 만큼 휘발된 얼굴 또한 많다. 무엇이 나의 삶에 더 많은
부분이었는지 간단히 설명할 순 없다.

그저 어떤 시간과 풍경이 있었다는 것을 기억한다. 나의 기록
방식은 양과 비례하지 않는다. 한 문장이 된 시간이 있기도
하고, 한 권의 책이 된 시간도 있다. 감정만 남긴 시간은
더더욱 많다.

해가 뜨는 것을 보고 자는 새벽이다. 녹음기를 켜고 녹음한
문장들을 공책에 옮겨 적고 의자를 뒤로 젖히고 쉬어야
한다. 그 호흡이 시와 가까워지는 과정이다. 오늘 모두 옮겨
적지 못하면 내일 적어야 한다. 내일까지 기다려 줄 수 있는
문장이 있을 수도, 없을 수도 있다.

결심은 거창해진다. 오늘의 것이 내일의 것을 잘 만났으면
좋겠다. 휘발될 것들은 휘발되고 침전되어 있는 것들이
미세하더라도 말이다. 그럼에도 결국 남는 얼굴과 풍경과
문장. 그것이 시가 아니면 무엇일까.

다시 만나지 않아도 되니

인간은 영원하지 않으니, 어떤 우정도 영원할 순 없겠지.
우정을 확신하던 사람들은 지금 어디에 있을까. 우정은 신발
같은 거야.

매일 신고 다니던 신발을 잃어버린 거야. 종일 신발장을
뒤적였는데 찾을 수 없는 거야. 언제 사라진 건지 도저히
기억나지 않는 거야. 신발을 산 기억은 있는데, 신고 다니던
기억은 있는데, 신발만 사라진 거야.

신발이 사라졌다고, 신발과 함께했던 시간이 소용없는 일이
되는 건 아니야. 그 신발들이 있어서, 가벼운 맘으로 산책을
나갔던 거니까. 어떤 시기를 쉼 없이 걸었던 거니까.

아끼는 구두 한두 켤레는 늘 같은 자리에 있어. 신발장을
열면, 눈높이에 있어. 수많은 신발 중에서 내 걸음을
주름으로 새긴 구두야. 그런 신발은 한두 켤레뿐인 거야.

다시 만나지 않아도 되니, 건강했으면 좋겠어. 날 가볍게
만들고, 기쁘고 멋지게 만들어줬던 수많은 신발들이
생각나서. 뿔뿔이 흩어진 얼굴들이 생각나서. 내가 너희에게
사라진 신발이 된 건 아닐까라는 생각이 들어서.

파주에 빚진 여름이에요. 민폐를 끼치며 들어온
저를 위해 책상을 내어 주고 방을 내어 주신
수오서재 식구분들께 감사해요. 밑층에 내려가
커피를 내리고 책상에 앉아 고양이들을 보는
시간이, 파주를 오가며 음악을 듣고 라디오를 듣던
시간이 제겐 커다란 평화였어요.

십 년 남짓의 글을 모았어요. 연결되지 않은
시간은 없어서 글을 모으는 데 집중했어요. 어떤
글은 유치해졌고, 어떤 글은 지금과 다른 유쾌함이
있었어요. 어떤 글을 넣을지가 아닌, 어떤 글을
뺄지가 적합한 작업이 되었죠. 원고를 한데 모으고
기민하게 작업을 해 준 편집자님이 안 계셨다면,
이 책은 시작되지도 마무리되지도 못했을
거예요. 덕분에 제 이십 대와 삼십 대가 가지런히
놓였어요.

책을 준비하며 이렇게 마음이 편한 적이 있었나
싶어요. 이 책에 나온 친구들 덕분일까요. 파주에
오가던 길 때문일까요.

이런 시간이 다시 올까요.

이렇게 무덥고 평화로웠던 여름이요.

2021. 파주에서

뉘앙스

1판 1쇄 발행	2021년 12월 3일
1판 7쇄 발행	2024년 4월 24일

지은이	성동혁

발행처	(주)수오서재
발행인	황은희 장건태
책임편집	마선영
편집	최민화 박세연
마케팅	황혜란 안혜인
디자인	권미리

제작	제이오
주소	경기도 파주시 돌곶이길 170-2 (10883)
등록	2018년 10월 4일 (제406-2018-000114호)
전화	031 955 9790
팩스	031 946 9796
전자우편	info@suobooks.com
홈페이지	www.suobooks.com
ISBN	979-11-90382-54-0 03810
	책값은 뒤표지에 있습니다.

도서출판 수오서재守吾書齋는
내 마음의 중심을 지키는 책을 펴냅니다.